마운드 위의

디다트 현대 판타지 장편소설

WISHBOOKS MODERN FANTASY STORY

KB012880

마운드 위의 절대자 5

디다트 현대 판타지 장편소설

초판 1쇄 찍은 날 | 2019년 1월 7일
초판 1쇄 펴낸 날 | 2019년 1월 14일

지은이 | 디다트
펴낸이 | 예경원

기획 | 위시북스
편집책임 | 이규재
편집 | 위시북스

펴낸곳 | 예원북스
등록번호 | 제396-2012-000132호
등록일자 | 2012. 7. 25
KFN | 제1-354호

주소 | 경기도 고양시 일산동구 호수로 646-24 위너스21II빌딩 206A호 (우)10401
전화 | 031-819-9431 팩스 | 031-817-9432
E-mail | yewonbooks@naver.com

ⓒ디다트, 2018

ISBN 979-11-965806-8-1 04810
     979-11-89450-77-9 (set)

※ 파본은 구입하신 서점에서 교환하여 드립니다.
※ 저자와 협의하여 인지를 붙이지 않습니다.
※ 이 책은 예원북스와 저작자의 계약에 의해 출판된 것이므로 무단 전재 및 유포, 공유를
   금합니다.
※ 이 도서의 국립중앙도서관 출판시도서목록(CIP)은 서지정보유통지원시스템 홈페이지
   (http://seoji.go.kr)와 국가자료공동목록시스템(http://www.nl.go.kr/kolisnet)에서
   이용하실 수 있습니다.

디다트 현대 판타지 장편소설

WISHBOOKS MODERN FANTASY STORY

마운드 위의

5

위의

절대자

Wish
Books

마운드
위의
절대자

CONTENTS

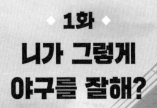

◆ 1화 ◆
니가 그렇게
야구를 잘해?

월요일 그리고 오후, 점심 먹고 퇴근을 기다리는 야구팬들이 오늘은 야구 경기가 없다는 사실에 몸부림칠 무렵.

[A구단의 B선수는 C구단의 D선수를 지칭하며, 그런 허접한 투수에게……]

그 무렵에 등장한 이니셜로 점철된 찌라시 기사의 위력은 상상 이상으로 강력했다.

그리고 그럴 만했다.

-이거 누구임?
└뻔하네. A구단은 레이번스, B선수는 안찬섭, C구단은 엔젤스,

D선수는 이호우이지.
  └안찬섭이 이호우 씹었다?
  └ㅇㅇ

　다른 누구도 아니고 한국프로야구 무대에서 여러모로 가장 뜨거운 두 놈의 충돌이었으니까.

　-그러고 보니 시즌 시작 전에 안찬섭하고 이진용 붙지 않았었음?
  └뭔 개소리임? 둘이 어떻게 붙음?
  └사회인 야구팀으로 한 번 붙었음.
  └ㄹㅇ?
  └ㄹㅇ!

　하물며 그 둘의 충돌과 함께 그 둘 사이에 있던 몇 달 전의 에피소드가 등장하자, 한국 야구팬들은 야구 경기가 있었을 때보다 더 뜨겁게 달아오르기 시작했다.
　그 관심은 자연스레 두 팀의 경기로 향했다.

　-이번 레이번스 대 엔젤스 매치업 개쩔겠네.
  └얘네 둘은 모기업끼리 라이벌이잖아?
  └두 모기업 회장들 전부 병상에 드러누운 것도 똑같지.

　5월의 끝 그리고 6월의 시작과 함께 치러지는 레이번스 대 엔젤스의 주중 3연전에 야구팬들의 관심이 쏠렸다.

 -그런데 이러면 안찬섭 대 이진용 매치업 가능할까?
 └힘들 듯. 벤자민 자리에 갑자기 이진용 넣는 것도 이상하잖아?
4선발이 1선발 자리에 앉는 건데.
 -하지만 이진용은 이번에 10이닝 피칭 때문에 휴식일 길잖아? 가능
성 있지 않을까?
 └하려면 못할 건 없지만, 엔젤스가 굳이 안찬섭에 이진용을 붙일까?
 └붙일 이유는 없지. 찌라시는 찌라시니까. 괜히 심란한 이진용 멘
탈에 금이 가는 짓을 할 이유는 없지.
 └이호우가 멘탈이 흔들릴 놈 같진 않은데…….
 └멘탈이 흔들리기보다는 이상한 놈이니까 더 문제 아니야? 난 안
찬섭하고 이진용 붙이면, 이진용이 무슨 짓을 할지 겁나서라도 그렇게
못하겠는데?
 └무슨 짓을 하긴, 호우를 하겠지. 호우!

 물론 그들은 안찬섭과 이진용, 이 구설수에 휘말린 둘의 매
치업이 이루어지지 않으리란 걸 알고 있었다.

 -사실상 불가능할 듯.
 -그냥 엇갈려서 붙겠지. 굳이 엔젤스가 이진용을 안찬섭이랑 붙일
필요는 없잖아? 특별한 이유가 없는 이상.
 -그렇지. 특별한 이유가 없는 이상은.

그저 막연한 그리고 자그마한 기대감을 품고 있을 뿐.

그렇게 막연하고도 자그마한 기대감을 품은 그들에게 엔젤스의 감독, 봉준식 감독은 확실하게 말했다.

"6월 1일 선발은 이진용."

경기 시작 전, 더그아웃에서 이루어지는 기자들과 감독의 대화.

"예?"

"6월 1일 선발은 이진용이라고."

대개 경기 외적인 것들을 주고받는 그 무대에서 봉준식 감독이 갑작스럽게 터뜨린 폭탄에 기자들이 얼빠진 표정을 지었다.

봉준식 감독의 말은 그 정도였다.

산전수전.

더 나아가 그 전쟁터를 만드는 야비한 수작까지 일삼으며 닳고 닳은 기자들마저 얼빠지게 만들 정도.

그렇게 얼빠진 누군가가 저도 모르게 질문했다.

"로테이션으로 이진용이 6월 1일에 출전하는 겁니까, 아니면 이진용이 1선발로 출전하는 겁니까?"

그 물음에 봉준식 감독은 담담히 대답했다.

"1선발로 출전하는 자리에 출전시키는 거지. 그게 아니면 군이 이진용을 6월 1일 경기에 출전시킬 필요가 없지."

"그럼……."

"이제부터 엔젤스의 1선발은 이진용으로 갈 생각이야. 이진용이 제 몫을 해준다는 가정하에서."

꿀꺽!

그 말에 기자들이 추가적인 질문 대신 벙어리가 꿀을 삼키 듯 자신들의 침만을 삼켰다.

거기까지였다.

"더 이상 질문은 없나?"

봉준식 감독의 되물음에 기자들 중 그 누구도 질문을 뱉지 않았다.

지금 이야기를 할 때가 아니다!

모두가 무언의 담합을 마쳤다.

"없으면 다들 자기 일 하자고."

이윽고 나온 봉준식 감독의 말에 기자들이 부리나케 더그아웃을 뛰쳐나오기 시작했다.

그런 기자들이 소리쳤다.

"이진용 1선발 파격 승급!"

"6월 1일, 찌라시 매치 성사다!"

"안찬섭 대 이진용 붙는다!"

주사위가 던져졌다.

5월 31일 수요일.

대구구장.

이제는 여름에 접어든 듯, 밤이 내려왔음에도 뜨거운 열기로 가득 찬 그곳에 환호성이 터지기 시작했다.

-경기 끝! 레이번스가 엔젤스를 상대로 7 대 3으로 승리합니다!

-1승 1패씩 서로 나눠 가지네요.

레이번스의 홈구장인 그곳에서 레이번스가 승리를 거둔 것에 대한 환호성은 딱히 이상할 게 없었다.

하지만 지금 대구구장을 채운 환호성에는 다른 무언가에 대한 환호성이 분명 섞여 있었다.

-내일 이곳에서 위닝시리즈를 걸고 싸우는 두 팀이 마지막 결전을 치릅니다!

그 기대는 다름 아닌 내일 이곳, 대구구장에서 펼쳐질 매치업에 대한 것이었다.

-레이번스에서는 정말 오랜만에 그리고 자숙 끝에 레이번스의 에이스인 안찬섭 선수가 올라옵니다.

-1년이 넘는 공백 끝에 치르는 복귀전이지요. 정말 기대가

됩니다.

-그에 맞서 엔젤스는 새로운 엔젤스의 에이스가 된 투수! 이진용을 내보냅니다.

-정말 재미있는 그리고 흥미진진한 투수전이 될 겁니다.

안찬섭 대 이진용.

레이번스의 돌아온 에이스 대 엔젤스의 새로운 에이스.

한국프로야구를 대표하는 투수 대 이제는 새로운 대표가 되고자 하는 투수.

그리고……

"미치겠네, 저런 130짜리 놈하고 비교나 되고…… 씨팔, 어쩌다 내가 이런 꼴이 됐는지."

"안찬섭, 너 그런 말 또 한 번 기자 앞에서 하면 벌금이야, 벌금!"

"아니, 할 말도 못 합니까?"

"찬섭아, 입 좀 조심하자. 너 이번에 또 문제 생기면 그때는 구단이 커버 못 해줘."

"압니다, 알아."

"내일 제대로 해라."

"엔젤스 같은 허접 팀 따위로 제가 제대로 해보지 않은 적이 있기는 합니까? 예? 점수나 내세요, 그럼 알아서 이겨드릴 테니까."

씹은 선수 대 씹힌 선수의 대결.

그토록 기다리던 찌라시 매치업이 시작됐다.

등판일, 등판할 무대 그리고 등판할 선수.

이미 일찍이 예고된 대로 6월 1일 대구구장의 마운드 위로 안찬섭이 올라왔다.

"스트라이크 아웃!"

그리고 마운드에 올라온 안찬섭은 예고는 아니지만, 모두가 예상한 그대로의 모습을 보여줬다.

"아웃!"

안찬섭.

제2의 김진호라 불릴 정도로 신이 내린 재능, 150킬로미터를 가뿐하게 넘어가는 패스트볼을 영원토록 던질 수 있을 것 같은 어깨를 가지고 태어난 그는 1년이 넘는 자숙의 기간을 무색하게 만들었다.

"스윙 스트라이크 아웃!"

삼자범퇴.

그것도 1회에 마운드에 올라와 오로지 포심 패스트볼, 그것 하나만을 던져 만들어냈다.

-안찬섭 선수 놀랍습니다. 그동안의 공백이 무색해질 정도로 예전 그대로의 피칭으로 엔젤스 타자들의 1이닝을 그대로

앗아갔습니다.

그러나 안찬섭은 자신의 복귀전에 그것만으로는 부족하다고 생각한 듯, 더 놀라운 것을 찍었다.

-예전 그대로가 아니라 예전 이상이네요. 설마 1회에 포심의 구속이 154가 찍힐 줄은 몰랐습니다.

154킬로미터.

과거 안찬섭이 프로 무대에 막 데뷔했을 때에 보여주고는 이후 보여주지 못했던 구속이 전광판에 찍혔다.

그 사실에 대구구장을 찾은 수만 명의 이들이 놀람을 감추지 못했다.

"우와!"

"우와……."

관중들은 레이번스와 엔젤스라는 응원팀의 구분 없이 모두가 감탄을 토해냈고, 기자석을 채운 기자들 역시 안찬섭이 1년이 넘는 공백 후에 보여준 존재감에 자신들의 할 일마저 잃은 채 마운드를 내려가는 안찬섭의 모습만을 바라봤다.

그리고 기자 한 명은 그런 안찬섭을 바라보며 비릿한 미소를 머금었다.

"1년 넘게 잘 놀고먹은 모양이군."

"황 선배, 그게 무슨 말이에요?"

"말 그대로야. 1년 넘게 괜히 이상한 짓 안 하고 놀고먹은 덕분에 피지컬 컨디션이 회복됐어."

황선우, 그가 비릿한 미소 사이로 내뱉는 말에 그의 옆에 있던 후배 기자가 고개를 갸웃했다.

"놀고먹으면 몸이 회복되는 건 그렇다 쳐도 일반적으로 운동 능력이 떨어지지 않나요?"

"150짜리 패스트볼은 타고나는 거니까. 그리고 애초에 150짜리 뻥뻥 던질 때도 안찬섭은 놀고먹은 놈이었지. 안 그래?"

"그랬죠."

"애초에 저놈은 그렇게 타고난 놈이야. 딱히 제대로 운동하지 않아도 언제든 150짜리 패스트볼을 던질 수 있는 놈. 그런 와중에 1년 넘게 쉬면서 자잘한 부상도 전부 회복된 거지. 어쩌면 자기 최고 구속을 찍을 수 있을지도 모르겠군."

"와……"

황선우의 설명을 이해한 후배 기자가 감탄사를 내뱉었다.

"에휴."

그리고 이내 한숨을 내뱉었다.

"정말 불공평하네요. 누구는 평생 이 악물고 훈련해도 140짜리 공조차 못 던지는데, 누구는 그냥 타고났다는 이유만으로 놀고먹으니까 오히려 155에 근접한 공을 던지니……"

"그게 세상 이치지."

말을 하던 황선우는 다시금 그라운드를 바라봤다.

'압도적이다.'

본인 스스로는 무덤덤하게 말을 내뱉긴 했지만, 안찬섭이 보여준 모습은 황선우에게도 분명 충격이었다.

'오로지 재능만으로⋯⋯.'

안찬섭의 재능은 이미 더 이상 설명이 필요 없을 정도로 대단하다.

그저 단순히 타고난 재능의 크기만으로는 지금 메이저리그에 있는 유현보다 낫다는 평가가 나왔을 정도.

단지 재능을 타고났으되, 그 재능만으로 살아가기에 발전이 없었을 뿐.

하지만 그런 재능이라고 해도 1년이 넘는 공백기를 무색하다 못해 오히려 그 공백기를 빌미 삼아 더 나은 모습을 보여주는 건 충격적인 일이었다.

'저 재능에 다른 누구도 아닌 투수들이 기가 죽었지.'

그리고 그 사실에 가장 큰 충격을 받는 건 그 누구도 아닌 안찬섭과 같은 무대를 쓰는 한국프로야구의 투수들이었다.

야구팬들 그리고 야구관계자들에게 안찬섭의 재능은 놀랍고, 대단한 수준에서 그치지만 안찬섭과 같은 직업인 투수들에게 안찬섭의 재능은 현실의 불합리함과 불공평함 그리고 참담함을 깨닫게 해주는 재능이었다.

그야말로 악마와도 같은 무자비한 재능인 셈.

'과연 이진용은⋯⋯.'

그런 안찬섭의 재능이 그야말로 폭발한 무대를 향해 엔젤스의 투수가 천천히 걸음을 내디디고 있었다.

그 모습을 본 황선우는 짧게 혀를 찼다.

'역시 이진용이라고 해도 오늘 경기는 평소처럼 할 수 없겠지.'

자신과 다르게 압도적인 재능을 가진 사내.

그 사내에게 비참하게 모욕을 당한 상황.

그런 상황에서 팀의 에이스가 되어 그 사내와 맞상대를 한 다는 것.

여러모로 부정적인 요소들만이 가득한 상황 속에서 황선우 는 솔직히 인정할 수밖에 없었다.

'이진용의 첫 패배 무대가 대구구장이 되겠군.'

오늘 경기는 여느 때보다 이진용의 패색이 짙은 경기라고.

그리고 그게 지금 이진용이 글러브로 얼굴을 가린 채 마운 드에 오르는 이유라고.

마운드 위로 향하는 길.

아웃카운트 세 개를 잡지 못하는 이상, 혼자서는 내려올 수 없는 그 길을 이진용은 글러브로 자신의 얼굴을 덮은 채 걷고 있었다.

그 모습을 본 관중과 시청자들 그리고 선수들과 코치들은 생각했다.

'표정 관리가 안 될 정도로 화가 났다는 건가?'

지금 이진용이 자신이 가린 글러브 사이로 험악하기 그지없 는 표정을 짓고 있을 거라고.

'하긴, 이니셜이라고 하지만 팬들도 아는데 선수 본인이 모를 리가 없지.'

'자신이 기록을 낸 것을 가지고 한국프로야구 수준이 내려갔다고 씹혔는데 기분이 좋으면 이상한 거겠지.'

그런 표정을 지을 수밖에 없을 거라고.

'심지어 이제는 1선발 자리에 올라왔으니…… 각오가 남다를 수밖에.'

'작심을 한 정도가 아니라, 배수의 진을 쳤겠지.'

때문에 오늘 마운드에 오르는 이진용은 그 여느 때보다 진지하고, 엄숙한 분위기 속에서 공을 던질 수밖에 없을 거라고.

물론 이신용, 그가 글러브로 얼굴을 가린 채 마운드의 오르는 이유는 그런 이유 때문이 아니었다.

-아빠! 힘내세요! 진호가 있잖아요~!

"닥쳐요, 제발……."

-아빠!

"제가 잘못했습니다. 제발……."

-힘내세요!

"아, 힘이 빠진다……."

김진호.

약속대로 이진용을 아버지로 모시기 시작한 그가 이진용을 참담하게 만드는 원인이었고, 그것이 이진용이 제 얼굴을 글러브로 가리고 있는 이유였다.

-왜? 아버지라고 불러 달라고 해서 내가 열심히 응원가까지

불러주고 있는데?

그런 이진용의 모습에 김진호가 무슨 문제라도 있느냐는 듯한 표정을 지은 채 반문했다.

이진용은 여전히 글러브로 제 얼굴을 덮은 채 말했다.

"그 거래는 없던 걸로 합시다."

-남아일언중천금! 나 김진호! 한 번 한 약속은 절대 어기지 않는 신념의 사나이다!

"제발."

-아버지를 아버지라 부르지 못하고, 아들을 아들이라 부르지 못……

"젠장, 어떻게 하면 닥쳐주실래요?"

그제야 김진호가 하던 말을 멈추고, 이진용을 바라보며 씨익 웃었다.

-일단 나에 대한 존경심을 좀 더 표현할 것.

이진용이 대답 대신 얼굴을 가리고 있던 글러브를 치웠다.

-내가 보고 싶은 거 있으면 딴청 피우지 말고 잽싸게 보여줄 것.

그렇게 모습을 드러낸 얼굴을 끄덕였다.

-마지막으로……

그 무렵 이진용이 그라운드 위의 흙더미를, 마운드를 밟았다.

-오늘 타자들 전부 죽여 버릴 것.

그리고 김진호도 말을 마쳤다.

그러자 곧바로 알림이 들렸다.

[선두타자를 상대합니다.]

[선두타자 보너스가 적용됩니다. 포인트 획득량이 20퍼센트 증가합니다.]

[선발로 출전합니다.]

[선발투수 보너스가 적용됩니다. 포인트 획득량이 15퍼센트 증가합니다.]

[첫 타자를 상대합니다.]

[첫 타자 보너스가 적용됩니다. 포인트 획득량이 15퍼센트 증가합니다.]

[일일특급 효과에 의해 컷 패스트볼의 구질 랭크가 B랭크로 상승했습니다.]

이제는 익숙해진 알림.

그리고…….

[에이스 효과가 발동합니다.]

[에이스 효과에 의해 컷 패스트볼의 랭크가 A랭크로 상승합니다.]

[에이스 효과에 의해 구속이 2킬로미터 상승했습니다.]

[에이스 효과에 의해 포인트 획득량이 20퍼센트 증가합니다.]

새로운 알림까지.

그 알림에 이진용이 만족한 듯 미소를 지으며 대답했다.

"호우."

1년이 넘는 공백의 종료를 알리는 피칭을 마친 뒤 마운드를 내려오는 안찬섭의 모습에는 오만이 가득했다.

말 그대로였다.

안찬섭은 엔젤스의 팬과 선수들을 향해서는 조롱 가득한 비웃음을 머금은 채 그리고 자신의 팬들을 향해서는 너희들은 날 응원할 수밖에 없어, 같은 눈웃음을 먹은 채.

"예전이나 지금이나 허접한 건 변한 게 없네, 변한 게 없어."

더 나아가 한국프로야구에 대한 조롱마저 숨기지 않은 채 마운드를 내려오는 그의 모습을 설명하기에 오만이라는 단어 외의 마땅한 단어는 없었다.

'아오, 저 새끼 주둥이 진짜!'

'요 새끼는 어떻게 된 게 1년 넘게 자숙해도 달라지는 게 없냐?'

'이 빌어먹을 새끼 때문에 이번 시즌도 속앓이 좀 하겠네.'

그 사실에 다른 누구도 아닌 레이번스 선수들이 속으로 푸념을 잘근잘근 씹을 정도.

'그래도 공은 끝내주네.'

'괴물 새끼…… 1년 넘게 쉰 거 맞아? 훈련도 별로 안 했다고

들었는데?'

'하늘은 대체 왜 저런 놈에게 재능을 준 걸까?'

그러나 1이닝 2탈삼진 삼자범퇴, 1회 초임에도 최고 구속 154킬로미터라는 사실은 그 오만을 자신감으로 만들어줬다.

그리고 그게 바로 프로의 무대란 곳이었다.

오만하든, 괘씸하든 결과를 만드는 자만이 살아남으며 대우받으며 인정받는 세계.

오늘 어떤 표정을 짓고, 어떤 말을 했는지는 전혀 중요치 않으며, 내일 아침에 찍힐 탈삼진 숫자와 방어율만이 중요한 세계.

그런 세계이기에 안찬섭은 조금도 거리낌 없었다.

"빨리 점수 내고 끝내요. 저 빌어먹을 새끼랑 비교되는 일분일초가 좆같으니까."

거리낌 없이 오늘 상대를 폄하했다.

"1점만 내요, 1점만. 그럼 오늘 복귀전 완봉승으로 끝내줄 테니까. 여차하면 노히트노런하지 뭐."

승리마저 거리낌 없이 자신했다.

그런 안찬섭의 모습에 레이번스 선수들은 왈가왈부하지 않았다.

굳이 그와 말싸움을 하고 싶지도 않았고, 말싸움을 하더라도 안찬섭을 부정할 만한 근거가 없었다.

앞서 말했듯이 1회에 벌써 패스트볼 최고구속으로 154킬로미터를 찍는 괴물을 상대로 오늘 너는 마운드 위에 있는 투수에게 패배할 것이니, 자중하고 반성하라는 말을 과연 누가 할 수 있단 말인가?

하물며 마운드 위에 있는 투수는 안찬섭에 비할 바가 못한 구속을 가진 투수였다.

130킬로미터.

안찬섭과 최고 구속이 무려 20킬로미터가 차이가 나는, 프로와 아마추어의 수준을 넘어 어른과 어린이의 차이나 다름없는 조촐하기 그지없는 스펙을 가진 투수였다.

단순히 놓인 피지컬 스펙 자체만 본다면 안찬섭에게 패배를 준비하라 말하는 건 조언이 아닌 저주나 다름없을 터.

'아.'

그러나 이 순간 타격을 준비하는 레이번스 타자들 중 일부는 생각했다.

'차라리 안찬섭이랑 싸웠으면 좋겠다.'

안찬섭과 비교조차 되지 않을 정도로 느린 공을 던지는 이진용을 상대하는 것보다 안찬섭을 상대하는 게 훨씬 나을 것 같다고.

물론 일부의 생각일 뿐이었다.

아직 까지는.

일단 아직 까지는 일부의 생각일 뿐이었다.

11타자 연속 탈삼진 신기록 보유자.

한국프로야구 정규시즌 기준으로 열세 번째 노히트노런 달성자.

10이닝 완봉승의 주인공.

말도 안 되는 이러한 기록들은 이진용을, 몇 달 전까지만 해도 진흙 속의 진흙과 같았던 그를, 정말 별 볼 일 없는 그를 단숨에 별과 같은 선수로 만들어주었다.

말 그대로였다.

이진용은 어디서든 볼 수 있고, 언제든 빛을 내는 별이 되었다.

자연스레 한국프로야구의 구단들 그리고 선수들은 이제는 분명하게 보이는 별을 분석하고 연구하며 그 별을 잡기 위한 방법을 강구하기 시작했다.

레이번스도 그러했다.

그들은 이진용이란 투수에 대해 분석을 했다.

최고 구속은 130대에 불과.

하지만 코너워크는 물론 스트라이크존의 상하를 마음대로 넘나드는 컨트롤을 가진 투수.

그리고 리그 최정상급의 무브먼트를 보여주는 투심 패스트볼과 스플리터를 자유자재로 다루는 투수.

때로는 결정구로 삼아도 부족함이 없는 체인지업과 커브를 가진 투수.

마지막으로 필요하다면 이퓨스볼을, 기꺼이 느린 공마저 던질 줄 아는 투수.

그야말로 투수가 가져야 할 모든 기술을 가진 투수였다.

당연한 말이지만 레이번스 타자들은 이런 이진용을 결코 얕잡아 보지 않았다.

만반의 준비를 했다.

이진용이란 그야말로 스킬 마스터와 같은 투수를 상대하기 위해 좌타자들을 라인업에 대거 배치했고, 이진용의 피칭 영상을 마르고 닳도록 연구하고 분석했다.

"아웃!"

"아웃!"

"아웃!"

이 결과물은 그런 상황 속에서 나온 결과물이었다.

삼자범퇴.

마운드에 올라온 이진용은 고작 6개의 공만으로 던져서 레이번스 타자들을 상대로 세 개의 아웃카운트를 얻어냈다.

만반의 준비 그리고 결사의 각오를 했음에도 이진용을 상대로 버티지 못한 것이다.

"젠장, 저 호우 새끼. 말도 안 되는 공을 던지고 있어!"

"투심 패스트볼이 미쳤어. 공이 홈플레이트 위에서 지랄 탭 댄스를 춘다고."

"스플리터는 건드리지도 못하겠어."

"결국 스플리터를 공략 못 하면 볼카운트에서 몰릴 수밖에 없지. 에이, 씨발 진짜!"

이진용의 지금 수준은 그러했다.

그의 기술은 한국프로야구 무대의 타자들을 숨 막히게 하기에 부족함이 없는 수준이었다.

"호우!"

당연히 언제나 그렇듯 환호성을 내지른 뒤 마운드를 내려오는 이진용의 모습에도 위풍당당함이 존재했다.

그리고 그런 이진용의 모습을 본 모든 이들은 생각했다.

"구속이나 구위는 안찬섭이 절대적이군."

"기술이나, 제구는 이진용이 훨씬 압도적이고."

"그럼 오늘 경기는…… 힘 대 기술의 경기가 되겠군."

오늘 이곳, 대구구장에서는 힘 대 기술의 싸움이 일어나겠다고.

반대로 그렇기에 누군가는 이미 직감했다.

오늘 경기의 승자가 누구인지.

"호우!"

마운드 위에서 이진용이 내지른 환호성과 함께 기자석에 있는 기자들이 타이핑을 시작했다.

그 타이핑과 동시에 이진용의 이름을 타이틀에 단 기사들이 온라인 세상에 쏟아지기 시작했다.

그리고 그렇게 쏟아진 기사에는 온라인의 주민들이 달라붙기 시작했다.

-이호우 15호우 적립!

ㄴ병살타 하나 있으니 14호우 아님?

ㄴ병살타는 한 번에 호우 2개 적립하니까 궁극적으로는 15호우라고 봐야 함.

ㄴ뭔 소리임? 호우 내지른 건 열네 번이니까 14호우이지.

ㄴ호우는 아웃카운트 단위로 세는 게 맞다니까!

ㄴ호우는 마운드에서 호우가 호우한 숫자대로 세야지!

"이진용이 기사는 아주 그냥 클릭수나, 덧글수가 다른 기사들보다 폭발이네, 폭발."

"안찬섭이랑 비슷한 수준인 것 같아. 아니, 안찬섭보다 더 나은 것 같기도 해."

물론 이진용보다 일찍, 5이닝 동안 2개의 볼넷만 내준 채 피안타 하나 없이 노히트노런 페이스를 이어가며 무려 8개의 삼진을 잡아낸 안찬섭에 대한 관심 역시 열렬했고, 격렬했다.

"정말 빅매치네요. 힘 대 기술! 용호상박! 아주 그냥 좋은 표현은 죄다 써도 되겠네요."

빅매치.

그 표현에 부족함이 없는, 보는 이로 하여금 손에 땀 묻은 팝콘을 쥐게 만드는 경기였다.

"글쎄."

하지만 경기를 보고 있던 황선우 기자는 후배 기자의 말에 동조 대신 쓴웃음을 머금었다.

"글쎄라니요?"

"빅매치라면 빅매치이고, 힘 대 기술의 싸움이라고 해도 이상할 건 없지만 용호상박이란 표현은 좀 그렇지."

"왜요?"

"야구는 힘만으로 할 수 있는 게 아니니까."

황선우의 말에 후배 기자는 고개를 갸웃했다.

그게 무슨 의미인가요? 표정으로 그리 질문했고 황선우는 과거 자신이 후배이던 시절 선배로부터 들었던 것을 그대로 후배 기자에게 말해주었다.

"힘만으로 메이저리그를 호령한 투수, 기억나는 투수가 있으면 말해봐."

그 말에 후배 기자는 곧바로 대답했다.

"로켓맨이요."

"로저 클레멘스에게는 빠른 공과 더 빠른 공 그리고 그보다 더 빠른 공이 있었지. 즉, 그는 빠른 공을 그 누구보다 기술적으로 던지는 투수였어."

"그럼…… 놀란 라이언?"

"140킬로미터짜리 커브와 135킬로미터짜리 체인지업이 그의 결정구였지. 더불어 놀란 라이언은 그 누구보다 맞혀 잡는 피칭 능력이 뛰어난 투수였어. 힘으로 윽박지르는 투수라는 건 그가 이룩한 영광에 대한 모욕이지."

"어, 그럼 랜디 존슨은요?"

"랜디 존슨 정도라면 힘만으로 메이저리그를 지배했다고 할 수 있겠지."

"그렇죠?"

드디어 자신이 맞았다는 사실에 후배 기자가 반색했다.

"그래, 랜디 존슨 정도가 되어야지 힘만으로 리그를 지배할 수 있는 거지."

"아."

그러나 이어진 황선우의 설명에 후배 기자는 분명하게 깨달을 수 있었다.

"힘이 전부가 아니군요."

힘만으로는 결코 원하는 바를 이룩할 수 없다는 것.

"힘은 중요하지. 하지만 힘만으로는 한계가 명확하지. 한계를 넘기 위해서 만든 게 바로 기술이고. 더욱이 야구에서 기술이란 건 그저 단순히 변화구를 던지는 것에서 그치지 않거든."

"그게 무슨 의미죠?"

"지금 안찬섭 투구수가 몇 개지?"

질문에 대한 대답 대신 도리어 나온 질문에 후배 기자가 곧바로 스마트폰을 켰다.

그 모습에 황선우가 혀를 찼다.

"야! 야구 기자면 투구수 정도는 실시간으로 머릿속에 넣어 둬야지! 5이닝 동안 77구를 던졌다, 77구!"

"1이닝에 15구 정도네요. 안찬섭이라면 100구 이상은 너끈히 던지니까 나쁜 페이스는 아니네요. 삼진 개수도 8개나 잡았고. 어?"

그 순간, 삼진 개수라는 단어를 언급하는 순간 후배 기자는 고개를 갸웃했다.

"가만, 그러고 보니 오늘 이진용 탈삼진이 몇 개 없네요?"

그렇게 품은 의문을 후배 기자가 본인 스스로 해결했다.

오늘 이진용의 피칭 내용을 보다 자세히 확인했다.

"5이닝 동안 4탈삼진⋯⋯."

이진용 그가 5이닝 동안 고작 4개의 탈삼진만을 잡았다는 사실을.

"5이닝 동안 투구수 52구?"

그리고 그 모든 것을 잡기 위해 고작 52개의 공만을 던졌다는 사실을.

"우와, 땅볼이 많긴 했지만 설마 1이닝에 투구수가 고작 10개밖에 안 될 줄이야?"

말도 안 될 정도로 효율적인 피칭을 하고 있다는 사실을.

자신이 예상한 후배 기자의 모습에 황선우가 그대로 말을 이어갔다.

"이진용이 탈삼진 능력이 부족해서 이런 피칭을 하는 건, 당연한 말이지만 절대 아니지."

"아무렴요. 탈삼진 능력 부족한 투수가 11타자 연속 탈삼진 신기록 같은 걸 보유할 수 있을 리 없죠."

"즉, 이진용은 삼진을 잡고자 한다면 얼마든지 잡을 수 있는 투수야. 그러나 그는 오늘 피칭에서 삼진을 잡는 대신 투구수를 아끼는 피칭을 보여주고 있어. 이유가 뭘까?"

"힘을 아껴두려는 거겠죠."

"그럼 힘을 왜 아껴두려는 걸까?"

"설마 12이닝 완투하려고?"

후배 기자의 그 질문 같은 대답에 황선우는 어처구니가 없다는 표정으로 그를 바라봤다.

"아니에요? 이진용이라면 가능할 것 같은데……."

그러나 이어진 후배 기자의 변명 같은 항변에 황선우는 이진용을 떠올린 후에 생각했다.

그라면 충분히 그러고도 남을 또라이라고.

"……힘을 아끼는 건, 어느 순간 힘을 터뜨리기 위해서지."

그러한 생각을 애써 부정한 채, 본래 자신이 생각하던 바를 말했다.

"그리고 그게 바로 기술이지. 그저 단순히 초반부터 힘을 터뜨리는 게 아니라, 정말 힘을 터뜨려야 할 때 터뜨리는 것. 그럼으로써 마운드의 분위기를 단숨에 가져오는 것."

그 말을 뱉은 황선우가 이제 클리닝 타임이 끝난 그라운드를 바라봤다.

6회 초 시작을 앞두고 마운드를 채우기 시작한 레이번스의 야수들을 그리고 여전히 오만하기까지 한 자신감을 품은 채 마운드로 올라오는 투수를 바라봤다.

"안찬섭은 분명 100구를 던져도 150짜리 패스트볼을 던지는 신이 내린 어깨를 가진 투수이지."

"그렇죠. 괴물 중의 괴물."

"심지어 오늘은 155, 자신의 최고 구속을 찍었고."

"진짜 신의 편애를 받은 것 같은 놈이죠."

"하지만 100구를 던진 후에도 155를 던질 정도로 편애를 받은 투수는 아니지."

"그건 당연한 거죠. 100구를 던지고도 150을 찍는 것만으로도, 아니 100구 정도 던지면 구속이 140대로 떨어지는 것도 대단한 거죠."

"어쨌거나 약해진 건 약해진 거지. 하물며 안찬섭이 그동안 피지컬 컨디션은 회복했을지 몰라도 과연 체력까지 예전 전성기만큼 회복했을 가능성은 없지. 어깨는 멀쩡해도 다른 곳은 슬슬 힘이 빠지기 시작할 거야. 구속 저하는 2015시즌 때보다 훨씬 빠를 거다."

그렇게 말을 하던 황선우가 이내 자신의 오른손 검지로 자신의 왼손 손목의 시계를 두드렸다.

"심지어 오늘 경기는 유례가 없을 정도로 빠른 속도전이었지."

"아, 그러고 보니 경기 시간이 얼마 안 됐네요?"

"양 팀 투수가 합쳐서 타자를 네 번만 출루시켰으니까. 마라톤을 하는데 초반에 빨리 달린 상황인 거지."

플레이볼!

그 순간 나온 주심의 외침에 황선우가 하던 말을 멈췄다. 그와 동시에 황선우가 머릿속에 있는 말을 정리했다.

이윽고 정리한 것을 뱉었다.

"정리하면, 안찬섭이 약해지는 순간 이진용이 준비한 힘을 폭발시킬 거다."

"어떤 식으로 폭발시킬까요?"

이어진 후배 기자의 질문에 황선우는 대답하지 못했다.

"모르지."

대신 흥미진진함과 설렘, 기대감으로 가득한 눈빛으로 그라운드를 보며 말했다.

"아마 아무도 모를 거야. 그리고 그게 바로 기술이지. 단순히 성적이 아니라, 승리를 쟁취하기 위한 기술."

6회가 시작됐다.

"꺼져!"

6회 초, 주자를 2루에 보낸 상황에서 마지막 아웃카운트를 삼진으로 잡아낸 안찬섭은 그라운드에 있는 엔젤스의 선수들을 향해 자신의 속내를 그대로 토해냈다.

꺼져!

그 두 글자를 내질렀다.

'뭐야? 저 새끼?'

'지금 꺼지라고 한 거야?'

그 사실에 2루에 있던 주자와 타자가 날카로운 눈매로 안찬섭을 살벌하게 노려봤다.

그뿐이었다.

안찬섭은 자신을 향한 그 눈빛에 도리어 비웃음 가득한 시선으로 대응했다.

그와 동시에 무언으로 말했다.

이진용 새끼가 하는 짓을 생각해봐!

그 무언의 말 앞에서 엔젤스의 타자들은 그 어떤 항변을 할 수 없었다.

'젠장, 진용이 놈 때문에 투수가 무슨 짓을 해도 어떻게 할 방법이 없네.'

호우!

이진용이 거듭 내지르는 그 환호성을 레이번스가 용인해 준 이상, 엔젤스 역시 레이번스 투수들의 환호성을 용인해 줘야 했으니까.

더 나아가 지금 한국프로야구의 판이 그러했다.

'진용이가 잘하는 건 좋은데 걔 때문에 요즘 투수들이 마운드에서 지랄을 하는 건 좀 그렇단 말이야.'

이진용이 물꼬를 틀자, 마치 기다렸다는 듯이 투수들이 마운드 위에서 적극적으로 자신의 감정을 표현하기 시작했다.

어쨌거나 안찬섭에게 꺼지라는 소리를 들은 주자와 타자는 곧바로 이진용을 바라보며 소망했다.

'진용아, 복수해 줘라!'

'레이번스 새끼들에게 호우 좀 날려줘!'

하지만 아쉽게도 이진용의 시선은 그런 그들이 아닌 다른 곳을 바라보고 있었다.

전광판.

그곳에 찍혔던 숫자를 다시금 떠올린 채 슬금슬금 마운드를 향해 걸어가기 시작했다.

"분명 147 나왔죠?"

147킬로미터.

안찬섭이 마지막에 던진 패스트볼의 구속이었다.

-뭐, 그게 아니더라도 그냥 봐도 구속이 떨어진 건 눈에 보였지. 구위도 떨어졌고.

2회 초에 155까지 나왔던 그의 구속이 이제 140대 후반으로 떨어졌다는 명확한 증거였다.

"마지막에 그렇게 악을 쓴 걸 보면 전력투구한 거죠?"

-1회부터 그랬지만, 안찬섭이란 놈은 페이스 배분이란 걸 할 줄 모르는 놈이야. 처음부터 전력질주를 하는 타입이지. 그래도 버틸 수 있는 어깨를 가진 놈이고. 하지만 내가 보기엔 어깨는 싱싱한데, 피칭할 때 하체는 해롱해롱한 거 같더라. 러닝 훈련을 게을리했던 게 분명해. 진용아, 러닝이 이렇게 중요하다. 하체가 딸리면 그때부터는 발목, 무릎, 허리 순으로 애로사항이 꽃핀다, 꽃펴.

"짧게 요약해 주시죠"

-이제 슬슬 정리해야지.

그리고 이진용이 기다리던 순간이기도 했다.

-아그야, 연장 꺼내야 쓰것다.

그렇기에 말투를 바꾼 채 연기를 하듯 말하는 김진호의 말에 이진용이 기꺼이 맞장구를 쳐주며 말했다.

"예, 형님, 확! 칼로 썰어버리겠습니다!"

그리고 시작된 6회 말.

빠각!

그 6회 말을 장식한 건 다름 아니라 배트가 쪼개지는 소리였다.

컷 패스트볼.

-커터? 좋지.

일명 커터.

슬라이더와 비슷하게 횡적인 움직임을 보이는 구종으로, 슬라이더보다는 움직임이 크지 않은 대신 구속은 더 빠른 구종으로, 이런 커터가 본격적인 유행을 시작한 건 21세기의 시작과 함께였다.

-투심과 커터를 능숙하게 다룰 수 있다면 홈플레이트 위에서 좌타자와 우타자를 상대로 똑같이 지랄을 할 수 있으니까. 나? 난 커터를 잘 쓰지 않았어. 이유? 내가 아무리 커터를 연구하고, 연마해도 그만큼은 못 던질 테니까.

그리고 그 커터의 유행은 메이저리그 역사상 가장 위대한 마무리투수의 시대와 함께 이루어졌다.

-리베라, 그만큼 말이야.

샌드맨 마리아노 리베라.

-나보고 랜디 존슨 수준의 슬라이더를 던질 수 있냐고 물어 본다면 한다면 난 분명히 말할 수 있어. 던질 수 있다고. 하지 만 나보고 리베라 수준의 커터를 던질 수 있냐고 묻는다면 이 렇게 말할 거야. 여기 코카인을 빤 미친놈이 있는 거 같다고.

당연한 말이지만 커터의 유행과 함께 무수히 많은 투수들 이 커터를 습득하기 위해 노력했고, 그들은 리베라의 커터를 자신들이 추구하는 절대적인 이상향으로 삼았다.

-리베라의 커터는 그랬어. 남다른 게 있었지. 단순히 보이는 것 이상의 남다른 무언가.

때문에 많은 투수들과 야구 관계자들 그리고 리베라의 커 터를 상대해야 하는 타자들은 리베라의 커터를 연구하고 분석 하기 시작했다.

-일단 리베라의 커터는 빨라. 포심이 95마일이 나오는데 커 터가 93마일이 나오거든.

김진호도 그중 한 명이었다.

-두 번째는 컨트롤이야. 리베라는 실수로라도 타자의 스트 라이크존 한가운데 공을 넣지 않을 정도로 컨트롤이 뛰어났 어. 매덕스가 스트라이크존의 원하는 곳에 다트를 던지는 느 낌이었다면, 리베라는 스트라이크존의 원하는 곳을 칼로 케이 크 자르듯 자르는 느낌이었지.

그 역시 리베라의 커터에 대해 연구했다.

-세 번째는 다양성. 리베라는 다양한 커터를 가지고 있었어. 때로는 종적인 움직임을 보이는 종슬라이더 같은 커터도 던졌고, 아주 중요할 때만 쓰는 특수한 커터를 숨겨둔 채 포스트시즌에서만 써먹고는 했지.

그리고 알아냈다.

-마지막 네 번째는…… 일부러 타자가 아니라 타자의 배트를 쪼개기 위해 공을 던지는 거였지.

리베라의 커터가 단순한 공을 넘어 메이저리그의 역사에 길이 남을 마구가 될 수 있었던 비결을.

-그리고 타자의 배트를 진짜 쪼갰고.

그 비결은 다름 아니라 타자의 배트를 쪼개는 퍼포먼스를 연출하는 것이었다.

-그게 진짜 비결이었어. 이유? 생각해 봐. 타자들이 투수들의 공을 공략할 때 가장 중요한 건? 그래, 그 투수의 공을 확실하게 이미지화하는 거지. 스윙 연습도 이미지화가 제대로 된 채로 연습해야 의미가 있지, 이미지화조차 안 됐는데 스윙 천 개 하고, 만 개 하면 그냥 스윙 연습일 뿐이잖아?

그건 단순한 퍼포먼스가 절대 아니었다.

-그런데 리베라의 커터를 이미지화한다고 생각해봐. 당장 너만 해도 리베라하면 그의 커터가 좌타자의 배트를 쪼개는 것부터 머릿속에 떠오를걸?

오히려 반대, 고도의 전략이었다.

-그리고 좌타자에게 있어서 그건 소름이 돋는 일이지. 배트가 쪼개진다는 건 공이 배트의 얇은 부분을 맞았다는 건데, 그보다 좀 더 그립 쪽에 가까이 맞았다면? 그때는 배트가 아니라 손가락이 쪼개지지. 천만 달러짜리 활약을 해야 하는 타자가 시즌 아웃을 당할지도 모르는 공포감이 이미지화되는 거야. 그 순간 타자들이 치기 싫어지는 마구가 탄생하는 거지.

리베라에게 있어 그것은 자신의 주력 무기를 위대한 무기로 만들기 위해 가장 중요했던 작업이었다.

-명심해. 커터의 완성은 배트를 쪼개는 거다. 쪼개지는 순간 커터는 마구가 된다.

그리고 지금, 이 순간.

빠각!

"맙소사!"

"지금 배트 쪼갠 구질 뭐지?"

"설마 커터?"

이진용, 그가 그 작업을 마쳤다.

6회 말, 이진용이 꺼내든 커터 앞에서 레이번스의 모든 타자들은 공황 상태에 빠졌다.

"저런 게 있었어?"

"미친놈, 저런 커터를 이제까지 숨겨두고 있었단 말이야?"

레이번스 타자들 그리고 코칭스태프들의 입에서 탄식이 절로 흘러나왔다.

그나마 우타자나 코치들은 탄식을 내뱉는 선에서 멈출 수 있었다.

"씨발."

"진짜 씨발."

"에이 진짜 씨발."

하지만 좌타자들은 탄식을 넘어 절망마저 내뱉었다.

좌타자들에게 우완투수가 던지는 커터는 그런 공이었다.

좌타자는 우완투수를 상대로 유리하다, 라는 통상적인 논리를 무색하게 만드는 공.

실제로 리베라의 전성기 시절에는 우완투수인 그를 상대로 스위치히터들, 양손 타자가 좌타석이 아니라 우타석에 섰던 적이 있었다.

뛰어난 커터를 가진 우완투수들은 좌타자들에게 공포의 대상과도 같다는 명확한 증거였다.

"젠장, 커터가 제일 싫은데……"

더욱이 한국프로야구에서 커터는 아직 유행이 되지 않은, 때문에 제대로 구사할 수 있는 투수들이 그다지 많지 않은, 당연히 타자들 입장에서는 꽤 이질적일 수밖에 없는 구종이었다.

"저 커터, 보통 커터가 아니야."

결정적으로 이진용의 커터는 그냥 커터가 아니었다.

"구속이 133이 찍혔어. 패스트볼만큼 빠르다고."

"갑자기 몸쪽으로 들어왔어. 무브먼트가 저놈이 던지는 투심 수준이야."

구속은 133킬로미터, 이진용의 패스트볼만큼 빠르며 무브먼트는 이진용의 투심 패스트볼에 버금갈 정도로 날카로운 공.

"배트 쪼개진 거 봐. 위력이 보통이 아니라는 거야."

그리고 배트를 부숴버릴 정도로 위력적인 공!

지금 이 순간 레이번스 타자들의 머릿속에 이미지화된 이진용의 커터는 그런 공이었다.

배트 브레이커!

'일부러 이진용을 잡으려고 좌타자들을 평소보다 더 배치했는데…… 이제 악몽이 되겠군.'

'우타자라서 다행이야.'

때문에 레이번스 타자들의 머릿속은 오로지 그 사실, 이진용이 던진 커터만으로 가득 차 있었다.

그렇기에 그 누구도 그 의문을 제기하지 않았다.

대체 왜 이진용은 1회가 아니라 6회에 이르러서야 이 커터를 꺼냈을까?

그 사실을 깨닫게 해준 건 다른 그 누구도 아닌 이진용, 본인이었다.

6회 말 2사 상황, 다시 한번 좌타자를 맞이한 이진용은 그 좌타자를 상대로 커터를 이용해 땅볼을 이끌어내며, 단숨에 6회 말을 종료했다.

그리고 언제나 그렇듯 자신이 타자를 잡았음을 눈이 아닌 귀로 확인케 해줬다.

"호우!"

이진용이 환호성을 내질렀다.

그러나 그 환호성은 이제까지 이진용이 내지른 환호성과 전혀 다른 환호성이었다.

'응?'

'어?'

이진용, 그가 자신들의 팬들로 가득한 1루 쪽 관중석이 아닌 3루 쪽 더그아웃을 바라보며 그들에게 말했다.

이제부터 이 게임은 내가 지배한다!

그 선포를 들은 후에야 레이번스는 깨달을 수 있었다.

'……기세가 넘어갔다.'

이진용, 그가 6회에 커터를 꺼낸 것은 아주 주도면밀한 계획 속에 이루어진 일이라는 것을.

야구는 기세 싸움이란 말이 있다.

사실 야구만 그런 게 아니라, 사람 대 사람이 붙는 모든 것은 기세 싸움이다.

기세를 타면 약자도 승자가 될 수 있고, 기세를 잃으면 강자도 패자가 될 수 있다.

하물며 비슷한 전력, 누가 이겨도 이상할 게 없는 전력 간의 충돌이라면 사실상 기세를 가진 쪽이 승리를 가져가게 된다.

때문에 그 기세를 가져오거나 혹은 지키기 위해 선수와 코칭스태프는 여러 가지 수단과 방법을 동원하며, 대개 그러한 수단과 방법을 작전 혹은 전략이라고 표현한다.

그리고 그러한 것을 혼자 힘으로 해낼 수 있는 자를 흔히 에이스라고 부르고는 한다.

빠각!

"크윽!"

－배트가 부러졌습니다! 타구가 힘없이 유격수 앞으로 굴러갑니다. 박해영 선수 달립니다. 유격수가 공을 잡고, 송구합니다. 주심이 주먹을 쥡니다.

－아웃이네요.

그리고 6월 1일, 이진용은 자신이 그 에이스임을 마운드 위에서 증명하고 있었다.

－7회 말, 이진용 선수가 삼자범퇴로 이닝을 마무리하며 오늘 쾌조의 피칭을 이어갑니다.

7이닝 2피안타, 볼넷은 하나도 없는 무실점 피칭.

-투구수는 7회까지 81구입니다!

-효율적인 피칭의 정수를 보여주네요. 정말 대단해요. 대단합니다.

-이 정도 페이스라면 100구 미만의 투구수로 9이닝을 마무리 지을 수 있을 것 같습니다.

더불어 투구수는 7회까지 고작 81구.

-충분합니다. 심지어 이진용 선수의 오늘 피칭은 오히려 6회부터 힘이 더 붙는 듯합니다.

-그렇지요. 당장 배트만 두 자루째 아닙니까?

마지막으로 이진용은 1회 때보다 더 위력적인 모습을 7회에 보여주고 있었다.

-지금 레이번스 타자들은 이진용 선수를 상대로 점수를 내겠다는 생각이 쉽게 들지 않을 것 같은데, 어떻게 생각하십니까?

-제 현역 시절 경험을 본다면, 대개 이런 상황에서는 뭐 저런 놈이 있어? 이런 생각만 들지요.

133킬로미터짜리 커터를 이용해 타자의 배트와 함께 그들의 전투의지를 꺾고 있었다.

"이진용 장난 아니네."

"우타자 상대로는 투심으로 땅볼 유도하고, 좌타자 상대로는 커터로 땅볼 유도하고."

"둘 다 안 먹히면 스플리터로 삼진을 잡고."

"구속 빼면 완전체네, 완전체야."

그 사실에 기자석에 있는 모든 이들이 진심 어린 감탄을 아끼지 않고 토해냈다.

"대단하네요."

황선우의 후배 기자 역시 마찬가지였다.

"레이번스를 압도하네요, 이번 시즌이 프로 시즌 처음인 놈이."

그 역시 7회 말을 완벽하게 마치고 마운드를 내려가는 이진용을 향해 감탄을 내뱉었다.

그런 후배 기자의 모습에 황선우가 미소를 지었다.

"진짜 대단한 건 6회에 커터를 꺼냈다는 거지."

"예?"

"만약 1회에 커터를 꺼냈다면 이진용은 오늘 경기 운영을 훨씬 더 편하게 할 수 있었겠지. 안 그래?"

"그, 그랬겠죠."

"그런데 이진용은 오히려 힘을 모으고, 6회에 숨겨진 비장의 한 수를 꺼냈지."

"왜죠?"

"기세를 가져오기 위해서."

"기세요?"

말을 하던 황선우가 이제는 8회 초를 준비하기 위해 움직이는 그라운드를 바라봤다.

"안찬섭 대 이진용의 매치업에서 점수가 많이 나올 가능성은 없지. 5회까지는 박빙의 승부, 다르게 표현하면 5회까지는 그 누구도 승기를 가져가기 힘든 경기일 게 뻔하지. 그리고 실제로 경기 내용도 그랬고."

황선우의 말대로 오늘 경기는 놀라운 수준의 투수전이었다.

5회까지를 봤을 때, 이진용은 고작 2개의 피안타를 내주는 피칭을 하고 있었고 안찬섭은 볼넷만 2개를 내준 채 노히트노런 페이스를 고수하고 있었다.

당연히 그 누구도 오늘 경기의 승패를 가늠할 수 없는 상황이었다.

"그런 상황에서 이진용이 6회에 커터를 던짐으로써 기세를 가져왔지. 그가 커터를 던지는 순간 오늘 경기가 박빙이라고 생각하던 레이번스 타자들은 위기감을 느꼈을 테니까. 중요한 순간에 강력한 무기를 꺼냄으로써 극적인 상황을 연출한 거지."

그런 상황에서 6회에 이진용이 꺼낸 커터는 분명 경기의 분위기를, 기세를 엔젤스가 가져오게 해줬다.

"문제는 그렇게 빼앗긴 기세를 가져올 방법이 레이번스에는 없다는 점이지."

그러나 지금 레이번스는 이 상황을, 빼앗긴 기세를 다시 빼앗아올 수가 없었다.

"적어도 안찬섭이 1회보다 더 강한 모습을, 더 강렬한 모습을 혹은 새로운 모습을 이제부터 보여주는 건 불가능할 테니까."

"아!"

그제야 후배 기자는 이해한 듯, 황선우가 보는 것과 비슷한 표정으로 그라운드를 바라봤다.

그런 후배 기자를 옆에 둔 황선우가 말을 이어갔다.

"저게 진짜 에이스지. 좋은 성적을 내기 위해 경기를 준비하는 게 아니라, 팀의 승리를 위해 경기를 준비하는 것."

그 순간 마운드 위로 안찬섭이 올라왔다.

그 안찬섭을 본 황선우가 조소를 머금었다.

"그게 유현을 뛰어넘는 재능을 가졌다는 평가를 받던 안찬섭의 복귀전에 메이저리그 스카우트가 단 한 명도 참석하지 않은 이유이기도 하고."

8회 초가 시작됐다.

8회 초가 시작됐을 때 엔젤스의 더그아웃은 다시금 긴장감으로 가득 차 있었다.

점수를 내기 위해, 마운드 위에 있는 투수에 집중했다.

그리고 이진용 역시 다음 8회 말을 위해 두 눈을 감은 채 집중력을 가다듬고 있었다.

그런 이진용의 표정은 그다지 좋아 보이진 않았다.

'쉽지 않네.'

내색하지 않기 위해 노력은 했지만, 어쩔 수 없었다.

체력의 유무를 떠나서, 7이닝 동안 공을 던진다는 건 그 자체만으로도 힘든 일이었으니까.

무엇보다 에이스이기에, 이겨야 하기에 하지만 여전히 0 대 0이라는 상황이기에 느끼는 부담감에서는 자유로울 수 없었다.

-진용아, 힘들지?

그런 이진용에게 김진호가 말을 걸었다.

-힘내게 노래 불러줄까? 응?

그 순간 김진호의 말에 이진용이 두 눈을 번쩍 뜨며 고개를 힘차게 저었다.

-짜식, 너무 긴장하지 마.

그제야 부담감에서 조금은 해방된 이진용을 보며 김진호가 슬쩍 마운드로 고개를 돌렸다.

-어차피 이번 이닝에 점수가 나올 테니까.

이어진 김진호의 말에 이진용이 게슴츠레한 눈으로 김진호를 바라봤다.

-그 눈빛은 뭐야? 내가 괜한 소리를 하는 것 같아? 응? 내가 헛소리를 하는 것 같아?

이진용이 대답 대신 눈을 좀 더 게슴츠레하게 바꿨다.

-야, 나 김진호야!

이어진 김진호의 말에도 이진용은 자신의 표정을 풀지 않았다.

결국 김진호가 말했다.

-오냐, 내가 얼마나 위대한 투수인지 똑똑히 보여주지. 이제부터 예언을 해주마.

말과 함께 김진호가 마운드를 바라보며 말했다.

-일단 안찬섭이 8회 초구로 패스트볼을 던질 거야. 그리고 구속은 150 정도가 찍힐 거야.

그 말에 이진용이 고개를 갸웃했다.

말이 안 됐으니까.

현재 안찬섭은 구속이 경기 초반에 비해 내려간 상황이었다.

당장 7회만 보더라도 그가 던진 패스트볼 중에 150을 넘는 공은 단 1구도 존재하지 않았다.

결정적으로 7회를 끝으로 안찬섭의 투구수는 100구를 넘어섰다.

그런데 8회에 150이 넘는 패스트볼을 던진다?

그때였다.

펑!

"와!"

"맙소사!"

공이 포수 미트에 꽂히는 어렴풋한 소리와 함께 더그아웃으로 경악 어린 소리들이 번지기 시작했다.

"151이라니!"

"미친놈, 8회에 150넘는 공을 던진다고? 투구수가 이미 100구가 넘어갔는데?"

그 뒤를 이어 구체적인 숫자가 나왔다.

그 사실에 이진용이 게슴츠레한 눈을 크게 뜬 채, 놀란 눈으로 김진호를 바라봤다.

-말했지? 150넘는 공이 나온다고.

이진용이 기세등등해진 김진호를 보며 눈빛으로 말했다.

어떻게 아셨죠?

-간단해. 지금 안찬섭은 땅딸보에 못생긴 허접쓰레기 또라이 투수에게 지기 싫다는 생각만으로 가득 찼거든. 아니, 자신이 진다는 걸 상상조차 못 하겠지.

자신을 향해 덕지덕지 붙여준 미사여구에 이진용이 눈살을 살짝 찌푸렸다.

-하지만 이대로 가면 누가 보더라도 질 것 같단 말이야? 그럼 어떻게 해야겠어? 감독을 찾아가서 저 못 던지겠으니 필승조로 바꿔주시죠, 라고 말할까? 아니면 씨부럴 새끼들아 난 살아 있어! 살아 있다고 이 씨부럴 새끼들아! 마운드 위에서 그렇게 외치려고 할까?

"씨부럴."

이진용이 나지막이 대답했다.

-그래, 그러니까 이 악물고 공을 던지는 거고 그게 150짜리가 나온 이유이지.

말을 하던 김진호가 이내 비릿한 미소를 지은 채 마운드를 바라봤다.

-하지만 이 좀 악문다고 다시 구속이 회복되면 이 세상에 빠

른 공 못 던지는 투수가 있을 리 없잖아? 분명 안찬섭의 체력은 이미 바닥이 났어. 그런데 150이 넘는 공이 나온다? 뭔가 이유가 있을 수밖에.

"150이 넘는데, 공이 한가운데 몰리는 거 같은데?"

"릴리스 포인트도 분명 달라."

그 순간 벤치를 채우고 있는 타자들이 마치 김진호의 말에 대답하듯 말을 뱉었다.

프로이니까.

아무리 무언가 문제가 있다고 하더라도, 오늘 단 1점도 내지 못했다고 하더라도, 1군이라는 무대, 엔젤스란 팀의 주전 선수로 살아남았으니까.

-구속을 내기 위해서가 아니라, 구속만 내기 위한 피칭이 시작된 거야.

때문에 그들은 지금 안찬섭이 보여주는 타오름이 꺼지기 직전 불꽃의 타오름과 다를 바 없음을 눈치챌 수 있었다.

-아마 선두타자는 아웃으로 잡겠지. 그래도 갑자기 150짜리 공이 나왔으니까. 두 번째 타자도 아마 잡을 거야. 2아웃까진 잡겠지.

김진호는 그보다 훨씬 더 나아간 분석을 했다.

-그러나 2아웃을 잡고 그다음 타자를 상대로 안타를 맞거나 볼넷을 내줄 거야. 만약 거기서 안타를 맞는다면, 그나마 안찬섭을 움직이게 해주던 긴장의 끈이 끊어질 거다.

놀라움을 넘어 섬뜩하기 그지없는 예고.

그 예고에 이진용의 표정이 굳었다.

이토록 세밀한 예상을 하는 김진호의 안목이 놀라움을 넘어 소름 끼칠 정도였기에.

-그럼 게임 오버, 안찬섭은 안타를 맞는 순간 오늘 단 하나의 아웃카운트도 못 잡을 거다.

그런 이진용에게 김진호가 마지막으로 못을 박았다.

-7.2이닝 3실점. 그게 오늘 안찬섭의 성적이다. 틀리면 내가 이진용, 널 엄마라고 부른다, 엄마라고.

"아, 안 돼!"

-돼!

섬뜩하기 그지없는 못을.

그렇게 운명이 건 8회가 시작됐다.

언제나 그렇다.

거대한 것일수록 붕괴는 순식간에 이루어진다.

안찬섭 역시 그러했다.

8회 초, 마운드에 올라와 초구로 151킬로미터 포심 패스트볼을 던지던 그는 거듭 강속구를 던졌고 2개의 아웃카운트를 잡아내며 8회의 아웃카운트 단 하나만을 남겨두었다.

그때까지만 해도 그가 무너지리란 조짐은 조금도 없었다.

그가 무너지리라 생각하는 이 역시 조금도 없었다.

따악!

"어?"

"어!"

그런데 9번 타자를 대신해 나온 대타를 상대로 안찬섭은 그날 처음으로 안타를 내주었다.

"노히트 깨졌다!"

"아, 깨졌네!"

안찬섭의 노히트노런이 깨지는 순간이었다.

물론 그때까지만 해도 경기를 보는 레이번스 팬들은 여전히 승리를 자신했다.

"쩝."

"아깝다."

"우리도 노히트 투수 가지나, 싶었는데."

8회 초 2사 상황에서 타자 한 명이 출루했을 뿐이라고.

다음 타자를 상대로 안찬섭이 아웃카운트를 잡아줄 것이라고.

그러리라고 생각했다.

"씨팔, 저 새끼가 노히트 깨고 지랄이야."

안찬섭 본인도 마찬가지였다.

그 역시 여전히 승리를 자신했고, 자신했기에 그는 자신을 제외한 모든 것을 가소롭게 바라봤다.

그게 안찬섭이 그동안 해온 야구였고, 동시에 안찬섭을 한국프로야구를 대표하는 투수로 만들어준 야구였다.

당연히 안찬섭은 이 순간 자신이 하던 것을 바꿀 생각이 없었다.

바꿀 필요성을 느끼지도 못했다.

당연히 포수가 패스트볼이 아니라, 슬라이더를 요구했을 때도 그 사실을 강하게 무시했다.

'150짜리 공을 엔젤스 새끼들이 어떻게 쳐? 이 새끼들은 내 공 못 친다니까. 무슨 슬라이더 같은 소리를 하고 지랄이야.'

그는 엔젤스 타자 따위를 상대로 기교를 부리고 싶지 않았다.

'수준 차이를 보여주마.'

오히려 그들을 힘으로 누르고자 했다.

그게 응징이라는 단어에 더 가까웠기에.

그러나 힘이 없는 자에게 그러한 것은 더 이상 자신이 될 수 없었다.

오만이 될 뿐.

따악!

"어?"

"어!"

그리고 그 오만한 자에 대한 응징이, 천사의 응징이 시작됐다.

"안타다!"

"크다!"

연속 안타가 나왔고, 1루 주자는 3루로 그리고 타자 주자는 1루에 안착했다.

오늘 처음으로 엔젤스의 타자가 3루에 안착하는 순간이었다.

그리고 타순은 2번부터 시작.

누가 봐도 위기 순간.

"제발, 하나만 잡자. 찬섭아, 하나만 잡으면 뽀뽀라도 해줄게!"

"아웃카운트 하나만 잡자! 하나만!"

당연히 그 순간 대구구장을 채운 레이번스 팬들은 안찬섭이 이 위기를 벗어나기를 기도했다.

'그런데 어떻게 잡지?'

하지만 이 순간 안찬섭이 이 위기를 벗어날 방법을 떠올릴 수 있는 이는 없었다.

안찬섭, 그는 100구를 넘게 던져도 150짜리 패스트볼을 던질 수 있는 어깨를 가지고 있는 투수였으니까.

그뿐이었으니까.

그리고 지금 그 패스트볼이 안타로 연결되고 있으니까.

결국 안찬섭은 3타자 연속 안타를 내주며 첫 실점을 기록했고, 그 후 올라온 홍우형에게 오늘 네 번째 안타이자, 마지막 안타를 내주었다.

-아, 감독이 마운드에 올라옵니다.

-교체네요.

8회 초, 안찬섭이 결국 아웃카운트를 잡지 못한 채 마운드를 내려갔다.

그리고 8회 말, 이제는 오롯한 주인공이 마운드에 올라왔다.

-Mama, oooh! Didn't mean to make you cry!

퀸의 명곡, 보헤미안 랩소디를 배경음 삼은 채.

-야, 진용아 다음 가사 뭐였지?

"좀 닥쳐요."

-좀 닥쳐요. 그게 가사였구나. 마마! 우우우! 좀 닥쳐요오오오!

"젠장!"

'이 소리를 듣기 싫어서라도…… 빨리 경기를 끝내야겠어.'

이 게임을 끝내기 위해서.

"라이징 패스트볼."

'여섯 타자 연속 삼진으로 끝낸다.'

그렇게 이진용의 원맨쇼가 시작됐다.

야구는 9회 말 2아웃부터라는 말이 있다.

아직 게임이 끝나지 않았지만, 한편으로는 게임이 끝나기 직전이기에 9회 말 2아웃에 관중들은 기대감과 긴장감을 품은 채 경기를 보고는 했다.

대구구장 역시 마찬가지였다.

9회 말 2아웃 상황의 대구구장 안은 기대감과 긴장감으로 소리조차 숨을 죽이고 있었다.

하지만 그건 대구구장을 홈으로 쓰는 레이번스에 대한 기대감이나 긴장감이 아니었다.

그 반대, 지금 현재 마운드에서 레이번스의 숨통을 끊기 직전까지 온 투수를 향한 것이었다.

후웅!

이윽고 그 투수가 자신의 마지막 아웃카운트는 스플리터를 이용한 삼진으로 잡는 순간.

그 순간, 긴장감과 기대감을 머금은 벙어리가 되어 있던 엔젤스 팬들이 소리쳤다.

호우!

[155포인트를 획득하셨습니다.]
[삼진을 잡으셨습니다. 보너스 포인트가 지급됩니다.]
[완봉승을 거두셨습니다. 보너스 포인트가 지급됩니다.]
[현재 누적 포인트는 21,021포인트입니다.]

"호우!"

이진용, 그가 9이닝 완봉승을 거두는 순간이었다.

"호우 나왔다!"

그리고 그 광경을 바라보는 기자들이 준비했던 기사를 올리고는 긴 한숨을 내뱉었다.

"이야, 대단하네. 3게임 연속 완봉이야! 삼봉!"

"노히트노런, 10이닝 완봉승 그리고 그냥 완봉. 그냥 완봉이 평범할 정도네."

"이거 내일 기사 끝내주겠네."

"그 기고만장하던 안찬섭이, 내일 표정 볼만하겠네. 내일 그냥 레이번스 취재하러 갈까?"

"안찬섭 성격이면 그냥 경기장에 안 나올걸? 그 새끼 자기 선발 경기 아닌 날에는 코빼기도 안 보이는 놈이잖아?"

오늘 경기가 끝났다는 사실에 그리고 이번 엔젤스와 레이번스의 시리즈에 마침표가 찍혔다는 사실에 대한 한숨이었다.

"선배님, 드디어 끝났습니다! 으으으, 경기 내내 보니 힘드네요. 어쨌거나 수고하셨습니다. 대구까지 왔으니 곱창에 술 한 잔하고…… 응?"

그러나 한 명은 한숨을 내뱉는 대신 오히려 더 긴장감 가득한 표정으로 마운드에서 주먹을 움켜쥔 투수를 바라봤다.

"선배님?"

황선우, 그의 긴장된 모습을 바라보던 후배 기자가 조심스럽게 말을 걸었다.

"저기 경기 끝났는데요?"

후배 기자의 말에 황선우가 차디찬 눈으로 그를 바라봤다. 그러고는 대답했다.

"경기는 끝나지만, 진짜 시작은 이제부터지."

"예?"

"오늘 경기를 끝으로 이진용의 무실점 이닝이 40이닝이 됐다."

"그야…… 어디 보자 일단 7이닝 무실점, 그 후에 노히트노런, 10이닝 완봉 그리고 오늘 완봉했으니 선발로 나와서 35이닝 던졌고, 불펜으로 5이닝인가 던졌으니까…… 40이닝쯤 되겠네요. 대단한 놈이네요. 사실상 4경기 연속 완봉한 수준이니까요."

"이제 2게임 정도, 어쩌면 한 게임만으로 한국프로야구 역사에 깨지지 않을 것 같은 전설 하나를 깰지도 몰라."

그 말에 후배 기자가 고개를 갸웃했다.

"무슨 전설 말입니까?"

"무등산 폭격기의 전설 중 하나."

"예? 잠깐만요 선배. 무등산 폭격기의 전설이라니 그게 무슨……"

"49.1이닝 무실점 피칭의 전설."

"예?"

"1986년, 다시는 볼 수 없을 0점대 선발투수가 남긴 전설을 깰 기회가 왔다고."

그 말에 후배 기자는 황선우와 똑같은 표정으로 마운드를 내려오는 이진용을 바라봤다.

◆ 2화 ◆
나는 전설이다

누군가 말했다.

새로운 영웅은 언제나 환영이야!

"캬."

그 말 그대로 한국프로야구는 새로운 영웅을 자신들이 할 수 있는 최선의 방법으로 환영하고 있었다.

"숨만 쉬어도 유명해지네."

이진용, 마치 자신의 존재로 도배가 된 듯한 스마트폰 속 세상을 바라보는 그가 감탄사와 함께 해맑은 미소를 지었다.

"이러다가 연예인 되는 거 아닌지 모르겠네."

그런 이진용의 말에 태블릿PC로 메이저리그 경기를 보던 김진호가 뚱한 표정으로 그를 바라봤다.

-진용아!

그때 김진호의 표정이 갑자기 밝게 변했다.

-더 유명해지는 법 알려줄까?

그 밝은 표정을 지은 채 이진용에게 말을 걸었다.

"그런 방법이 있어요?"

당연히 이진용이 곧바로 반색했다.

-아무렴.

"뭔데요?"

그렇게 반색하며 눈동자를 초롱초롱하게 빛내는 이진용을 향해 김진호가 말했다.

-마운드 위에서 똥을 싸는 거야.

"예?"

-아마 영원불멸할 유명세를 떨칠 거다. 어쩌면 나보다 더 유명해질지도 몰라. 메이저리그는 물론 저기 쿠바에 있는 어느 야구 꿈나무도 널 기억할 거야. 한국에 마운드 위의 똥싸개 이진용이 있다고.

김진호의 그 말에 이진용이 마운드 위에 누군가 싸놓은 똥을 본 듯한 표정을 지었다.

-딱 그 느낌이야.

그런 이진용의 표정에 김진호가 이제는 표정을 바꾼 채, 진지한 표정을 지은 채 말했다.

-내가 지금 널 보는 느낌이.

"무슨 소리예요?"

-실력 좋은 루키가 프로 무대에서 등장하자마자 실력 이상

의 성적을 거두면서 영웅 대우를 받기 시작하고, 그 맛에 취하다가 어느 순간 제 실력 뽀록나서 마운드에서 빌빌대는 모습을 보는 거나, 마운드 위에서 똥 싸는 걸 보는 거랑 별 차이가 없다는 소리다.

"아."

-정신 차려.

그 말에 이진용이 고개를 숙였다.

김진호의 말대로였다.

지금 이진용은 유명세에 취할 때가 아니었다.

-진용아.

그렇게 반성을 시작한 이진용에게 김진호가 다가와 말했다.

-초심을 잃지 마라.

이진용이 말없이 고개를 끄덕였고, 그런 이진용에게 김진호가 엄숙하게 말했다.

-반성하는 의미에서 다시 한번 초심을 되새김질하자. 따라 해. 나는.

그 말에 이진용이 따라 했다.

"나는."

-쓰레기입니다.

"쓰레기입니다."

-나는.

"나는……"

-안 타는 쓰레기입니다.

그 말에 이진용이 조심스럽게 물었다.

"저기…… 이게 초심을 되찾고, 반성을 위해서 꼭 필요한 행위인가요?"

그 물음에 김진호가 엄격, 근엄, 진지한 표정을 지은 채 대답했다.

-아니, 그냥 너 놀리는 건데?

"에이, 진짜!"

-간만에 낚아서 그런지 손맛 죽이네!

말과 함께 김진호가 어깨춤을 추기 시작했고, 그런 그를 이진용이 어처구니가 없다는 표정으로 바라봤다.

호우! 호우! 호우!

그때 이진용의 스마트폰이 울렸다.

-누구냐?

곧바로 김진호가 반응했다.

-경찰이냐?

"아니, 왜 거기서 경찰이 나와요?"

-너 그동안 지랄한 거 때문에 약물검사 해야 하니까 오라고 할 거 같아서 말이야.

"말이 되는 소리를 하세요."

-귀신하고 말하는 건 말이 되고?

"그건……."

말문이 막힌 이진용이 이내 스마트폰에 관심을 줬다. 그리고 찍힌 번호를 확인했다.

엔젤스 운영팀.

발신자를 확인한 이진용이 그대로 전화를 받았다.

"예, 이진용입니다. 전화 받았습니다."

그리고 몇 초 후 이진용이 놀란 표정으로, 그 자리에서 양손으로 스마트폰을 쥔 채 허리를 숙이며 말했다.

"아이고, 구 팀장님! 예! 현재 프로 1군에서 활약 중이며 어제 대구구장에서 레이번스의 에이스 안! 찬! 섭!을 상대로 완봉승을 거둔 엔젤스의 작은 거인 이진용이 맞습니다!"

구은서 운영팀장, 그녀의 전화였다.

6월 2일 금요일의 잠실구장.

엔젤스 대 샤크스의 주말 3연전의 첫 경기를 앞둔 그곳은 아직 경기가 시작하기까지는 5시간 하고도 30분이나 남은 오후 1시 무렵임에도 사람들로 제법 북적거렸다.

"나 박준형 사인받았어!"

"난 홍우형."

그 북적거림의 정체는 엔젤스의 경기에 앞서 그 선수들의 사인을 받기 위해 일찌감치 등장한 엔젤스 팬들이었다.

홈경기의 경우 선수들은 구단 버스가 아니라, 각자 알아서 경기장에 출근을 한다.

출근 시간은 대개 오전 11시에서 오후 2시 사이.

즉, 그 무렵에 잠실구장을 지키고 있으면 출근하는 선수들에게서 사인을 받을 수 있었다.

"차운호는 그냥 무시하고 지나가더라."

"벤자민하고 앤디는 사인 잘해주던데."

물론 선수를 본다고 해서 사인을 무조건 받을 수 있는 건 아니었다.

선수 중에는 사인에 인색한 선수들도 많았으니까.

자신이 해준 사인볼이 온라인 경매로 팔리는 것을 보고는 사인을 안 해주는 경우부터, 그냥 성격이 더러워서 안 해주는 경우, 어린 애들만 해주는 경우까지.

어떤 선수의 경우에는 미안합니다, 라는 양해의 말조차 하지 않은 채, 사인을 요구하는 팬을 향해 도리어 눈총을 쏘아붙이고 그냥 제 갈 길을 가는 경우도 있었다.

때문에 몇몇 야구팬들은 말한다.

오후 6시 30분에 잠실구장에 오면 선수의 기량을 볼 수 있지만, 오후 1시에 잠실구장에 오면 선수의 인성을 볼 수 있다고.

"저기! 저기!"

그리고 지금 오후 1시에 선수 한 명이 모습을 드러냈다.

"호우다!"

"호우라고?"

"진짜 호우야?"

"호우!"

이진용, 그의 등장에 잠실구장의 주변에 어수선해지기 시작했다.

당연한 일이었다.

"이호우다! 이호우가 나타났다!"

1군 등판 이후 40이닝 무실점, 노히트노런과 10이닝 완봉승 그리고 안찬섭을 짓뭉갠 슈퍼 루키의 등장에 환호하지 않을 엔젤스 팬이라면, 금요일 오전 11시부터 잠실구장에서 죽을 치고 앉아서 선수들을 기다릴 리가 없을 테니까.

자연스레 이진용을 보기 위해 사람들이 몰려들기 시작했다.

"이호우 선수 사인 좀 해주세요!"

"호우! 호우해 주세요!"

몰려든 이들이 이진용에게 팬서비스를 요구하기 시작했다.

그 모습에 잠실구장 안으로 걸어가던 이진용이 굳은 표정으로, 몰려드는 팬들 보며 말했다.

"팬 여러분."

말을 뱉는 이진용의 목소리는 가라앉아 있었다.

그래서일까?

그다지 큰 목소리가 아니었음에도 이진용의 그 목소리에 어수선함이 잦아들었다.

"죄송하지만, 제가 어제 등판 때문에 지금 오른팔이 잘 움직이지 않습니다."

그렇게 어수선함이 잦아든 상황 속에서 이진용이 굳은 표정 그대로, 마치 오른팔에 무거운 무게추를 짊어진 듯한 표정을 더한 채 말했다.

그 말에 몰려든 팬들이 아쉬움 가득한 눈빛을 보냈다.

'하긴, 어제 완봉승을 했는데 피곤하겠지.'

'선발 등판 한 번 하고 나면 밥도 못 먹는다는데 사인을 요구하는 건 너무한 거겠지.'

'이진용 사인은 다음으로 미루자.'

아쉬웠지만, 무리하게 요구하는 이는 없었다.

그것이 예의가 아님을 알았고, 혹여 모른다고 하더라도 이진용이 거부 의사를 표현한 상황에서 그에게 무리하게 사인 요구를 한다면 그때부터는 곳곳에 배치된 경호원들이 움직일 테니까.

"하지만!"

그때 굳은 표정을 짓고 있던 이진용이 자신의 왼손을 하늘 높게 치켜들며 말했다.

"저에게는 아직 왼팔이 남아 있습니다!"

그 말과 함께 이진용이 소리쳤다.

"줄을 서시오!"

그 순간 엔젤스 팬들은 방긋 웃으며 대답했다.

"호우!"

잠실구장에 때아닌 호우주의보가 떨어지는 순간이었다.

그리고 그 모습을 본 김진호는 어처구니가 없다는 표정으로 이진용을 바라보며 말했다.

-살다 살다 왼손으로 사인하는 걸 연습하는 인간은 네가 처음이다. 그런데 진용이 이 새끼 왼손 왜 이렇게 잘 써?

이진용이 출근했다.

"이진용 선수가 출근했습니다."

"지금 어디에 있죠?"

"잠실구장 입구 근처에서 사인해 주고 있습니다."

"사인이요?"

"바로 데려올까요?"

운영팀 직원의 말에 구은서는 고개를 가볍게 저었다.

"됐어요. 어차피 그한테는 통보만 하면 되니까요. 그보다 준비는 다 끝난 거죠?"

"예, 홍보팀에서 만반의 준비를 마쳤습니다. 박준형을 위해 준비한 것보다 훨씬 더 크게 준비했다고 합니다."

구은서는 대답 대신 고개만 끄덕였다.

그런 구은서의 머릿속으로는 이진용의 얼굴이 떠올랐다.

'설마 이진용이 이런 모습을 보여줄 줄이야.'

솔직히 말해서 구은서는 이진용이 이토록 잘할 것이란 생각은 단 한 번도 한 적이 없었다.

굳이 말하면 이진용이 무언가를 할 것 같다는 느낌만을, 이성적이고 합리적인 사고가 아닌 그저 느낌만 받았을 뿐.

좀 더 솔직하게 말하면 이성적이고, 합리적으로 본 이진용은 이상한 인간이었다.

당장 한국시리즈 우승에 기여를 하면 조건 없는 방출을 해달라고 하는 것만 해도 정상적인 사고방식을 가진 인간이 할 수 있는 일은 아니지 않은가?

심지어 그 이유가 메이저리그를 가기 위해서라면?

그 외에도 이진용이 또라이 소리를 들을 만한 요소는 얼마든지 있었다.

당장 잠실구장 밖으로 나가서 이진용이 하는 짓만 봐도 그가 또라이가 될 수밖에 없는 근거가 추가될 것이다.

'또라이인 건 분명한데……'

당연히 구은서는 이진용이 또라이라는 사실을 조금도 의심하지 않고 있었다.

'내 숙원을 풀어줄 또라이지.'

중요한 건 그런 이진용이 구은서의 숙원을 풀어줄 중요한 인물이 되었다는 것.

'우승을 위해서, 스토리를 위해서 그가 필요해.'

때문에 구은서는 이제부터 이진용을 그저 한 명의 야구선수가 아니라 대한민국에서 가장 유명하고 인기 있는 선수로 만들기 위한 작업에 착수할 생각이었다.

박준형에게 기울였던 것 이상의 작업을 할 생각이었다.

'일단 49.1이닝, 최다 이닝 무실점 기록을 깨는 순간 곧바로 그걸 대대적으로 홍보해야 해. 그다음에는…… 올스타전 앞두고 스캔들 하나를 터뜨리는 것도 좋겠지. A급 여배우나, 아이돌하고 같이 엮어서 스토리만 만들고 곧바로 접어버리는 식으

로. 경기력에는 타격을 안 주고 유명세만 얻는 식으로.'

오늘 이진용을 만나고자 하는 이유도 바로 그 때문이었다.

'거부할 수 없는 당근으로 확실한 경주마로 만들어야겠어.'

준비된 시나리오대로 이진용이란 주연 배우를 움직이게 하기 위해서.

"이진용 선수가 온답니다."

그리고 지금 그 이진용이 구은서 앞에 왔다.

"이상입니다."

"이진용 선수."

홍보팀장의 말이 끝나는 순간 구은서가 곧바로 이진용을 불렀다.

"예?"

그런 구은서의 부름에 반응하는 이진용의 얼굴에는 얼빠진 기색이 역력했다.

폭풍처럼 몰아친 홍보팀장의 말재간에 제대로 휘말린 듯한 모습이었다.

구은서는 그런 이진용이 정신을 차리기도 전에 화사한 미소를 지으며 말했다.

"이건 당신에게 엄청난 기회에요. 만약 당신이 그 기록만 깬다면 구단 차원이 아니라 모기업인 현성 그룹 차원에서 전폭적인 지원이 있을 거예요."

목소리도 참으로 아름다웠다.

여러모로 혹할 수밖에 없는 상황.

그러나 이진용을 가장 혹하게 하는 건, 구은서가 그에게 말해준 것들이었다.

-미친, 이게 말이 돼? 연봉 인상에, 용돈 지급에, 차량 지급에 전세금 지원에 여자 연예인하고 스캔들까지 제공해 준다고?

구은서, 그녀는 이진용에게 엄청난 제안을 했다.

김진호가 말한 그대로, 연봉 인상부터 용돈 지급에 자동차 지급에 여자 친구 소개까지!

심지어 이 모든 것을 얻는 데에 요구되는 건 하나였다.

"일단 최다 이닝 무실점 기록만 깨세요."

무등산 폭격기, 한국프로야구의 전설 중 한 명인 선동열이 기록한 49.1이닝 무실점 기록을 깨는 것.

"그 기록만 깨면, 뭐든 지원해 드리겠어요."

그 기록만 깨면, 그야말로 모든 걸 준다고 했다.

-미친, 내가 이런 제안 받았으면 그냥 메이저리그 때려치우고 한국 와서 49이닝 무실점이 아니라, 그냥 시즌 내내 무실점 했을 텐데! 아! 연예인하고 사귀게 해주겠다니! 씨발!

김진호가 울부짖을 만한 제안이었다.

"그러니까 신기록만 경신하면 뭐든 지원해 주시겠다, 이 말이십니까?"

이진용이 얼빠진 표정을 지은 채 되묻는 것이 조금도 이상하지 않을 정도의 제안.

그런 이진용의 모습에 구은서는 보다 화사한 미소를 지었다.

"필요한 게 있으면, 구단이 지원해 드릴 수 있는 수준에서는 무엇이든 지원해 드리죠."

"무엇이든……."

"예, 무엇이든."

그렇게 재차 확답을 듣는 순간 이진용이 이내 고개를 열심히 끄덕이며 소리쳤다.

"최선을 다하겠습니다."

그 모습에 구은서가 미소를 지은 채 자리에서 일어났다.

"네, 그럼 가서 쉬세요. 어제 힘든 경기 하셨는데 계속 붙잡아서 미안했어요."

"예!"

당근에 완벽하게 취해버린 이진용이 그대로 운영팀장의 사무실을 나갔다.

그렇게 이진용이 나가는 순간 구은서가 홍보팀장을 보며, 이제는 다시 평소의 차가운 표정을 지은 채 말했다.

"당근은 이 정도면 충분하겠죠?"

"표정을 보니 넘치다 못해 취해버린 것 같습니다. 오히려 과유불급이 아닐까, 걱정될 정도군요."

"무리를 해서라도 기록을 세워야 해요. 이런 기회가 다시 올 리가 없으니까."

구은서의 말에 홍보팀장이 고개를 끄덕였다.

"이진용이 앞으로 좋은 투수로 남는다고 해도 지금처럼 40이닝 동안 무실점 피칭을 하는 일은 다시 오지 않겠죠."

그 말과 함께 그 둘이 이진용이 사라진 문을 바라봤다.

쿵!

이진용이 문을 나와 닫는 순간 가장 먼저 한 건 얼빠진 자신의 표정을 고치는 것이었다.

이진용이 날카롭게 눈빛을 번뜩였다.

그 변화에 김진호가 고개를 갸웃했다.

-갑자기 눈빛에 힘이 들어가네? 똥 마렵냐?

김진호의 말에 이진용이 눈살을 찌푸렸다.

"눈빛이 날카로워진 거랑 똥 마려운 거랑 무슨 상관입니까?"

-그럼 뭐 때문에 갑자기 눈빛을 빛내고 그러는 거냐?

"딱 보면 몰라요?"

-내가 사람 마음을 읽었으면 이제까지 너한테 이런 취급을 당하면서 지냈겠냐?

"연기입니다, 연기."

-연기?

김진호의 되물음에 이진용이 자신의 옷매무새를 고치고 헛기침을 내뱉었다.

"얼빠진 연기 좀 했죠. 그래야 제 속내를 들키지 않을 테니까요."

-설마 저 제안을 거절하려고?

"제가 미쳤습니까? 준다는 걸 마다하게?"

말을 하던 이진용이 구은서와의 대화를 떠올렸다.

"단지 다른 누구도 아닌 구 팀장으로부터 지원을 받아낼 수 있는 이번 기회를 고작 전세금 지원받고, 차량 지급받는 수준에서 끝내고 싶지 않은 거죠."

-여자 연예인도 소개시켜 준다잖아? 너 데이지스 좋아하잖아? 스캔들 일으켜달라고 해!

그 말에 이진용의 눈빛 사이로 아쉬움이 살짝 스쳐 지나갔다.

그뿐이었다.

아쉬움을 느낄 뿐, 그것에 미련을 가지진 않았다.

"전 유명해지고 싶지만, 그런 식으로 유명해지고 싶지 않습니다."

그 말과 함께 이진용이 김진호를 바라보며 말했다.

"유명해진다면, 다른 누구도 아니고 김진호 선수가 유명해진 것처럼 유명해질 겁니다."

그 말에 김진호가 미소를 지었다.

-새끼.

그 미소와 함께 말했다.

-그렇다면 이제부터 그야말로 프로의 규범과도 같은 올바르고, 타의 모범이 될 정도로 정의로우며, 어린아이들에게는 꿈과 희망을, 어른들에게는 교훈을 주는 투수가 되어야겠군.

그 말에 이진용이 눈살을 찌푸리며 반문했다.

"진심으로 한 말인가요?"

-그럴 리가, 그냥 한 소리야.

말을 한 김진호가 깊은 미소를 지었다.

-난 지배자였지, 성인군자 따위가 아니었으니까.

"예, 지배자였죠."

이진용도 깊은 미소를 지었다.

결코 만족을 모르는 탐욕스러운 두 맹수가 눈빛을 번뜩였다.

그리고 그런 두 맹수에게 드디어 그날이 왔다.

6월 7일.

특별할 것 없는 날이다.

군이 의미를 부여하자면 6월 6일 현충일 다음 날이라는 것 정도.

옆 나라 일본에서는 86년 6월 7일에 철인이라 불리던 타자 기누가사 사치오가 2,000경기 연속 출장기록을 세웠지만, 당연히도 한국에는 하등 관계없는 날이다.

그런데 지금 2017년을 기점으로 6월 7일이 특별한 날이 될지도 모르는 상황이 됐다.

[이진용, 40이닝 연속 무실점 행진!]

[미스터 제로 이진용! 그의 질주는 어디까지?]

[이진용, 광주구장에서 무등산 폭격기가 남긴 전설에 도전한다!]

6월 7일.

이진용, 그가 한국프로야구 역사상 다시는 깨지지 않으리라 생각됐던 49.1이닝 무실점 기록에 도전하게 됐다.

특별할 수밖에 없는 날.

-어떻게 이렇게 매치업이 잡히냐?

-대박! 영화도 이렇게는 못 만들 듯.

-이건 실패해도 영화로 만들어야 함.

더욱이 그 도전의 무대는 광주 돌핀스의 홈구장, 광주구장이었다.

"정말 신이 만들었다고 해도 믿기 힘든 무대이군. 이진용에게 뭔가 따르긴 하나 봐?"

"그래도 기록 세우는 건 쉽진 않을 거야. 돌핀스 애들, 요즘 타격감도 무시무시한 한 데다가 다른 누구도 아닌 무등산 폭격기에 대한 도전을 용납할 리가 없잖아?"

특별할 수밖에 없는 무대.

"그보다 관중 거의 다 찼다면서?"

당연히 이 특별할 수밖에 없는 날의 목격자가 되기 위해 무수히 많은 이들이 광주구장을 찾았다.

"매진이래."

"대단하네. 표가 안 팔리는 수요일인데도 다 팔리다니."

"돌핀스가 리그 1위이니 꽤 팔린다고 해도 원정응원석까지 매진되는 건…… 이진용이 티켓 파워 대단하네."

"이진용 경기는 보러 오는 맛이 있잖아? 요즘은 응원단장이 아예 주도해서 그 짓을 하더만."

"호우?"

"호우."

당장 광주구장이 팬들로 가득 찼다.

"다 찍어. 이진용 피칭은 하나부터 열까지 전부 찍어."

"카메라 외야석에도 배치해 둬! 돌핀스 경기도 제대로 찍어야 해!"

그마저도 부족했는지 야구 관계자들 역시 적지 않은 이들이 광주구장에 자리를 잡고 있었다.

개중에서도 한국프로야구 구단들에서 파견한 전력분석팀들의 숫자는 다른 경기와 비교를 거부할 정도로 많았다.

이진용이라는 갑작스러운 태풍도 태풍이지만, 현재 리그 1위를 달리고 있는 돌핀스에 대한 전력분석은 최우선 과제가 될 수밖에 없는 탓이었다.

"얼굴 보기가 참 힘드네."

"어쩔 수 없잖아? 그쪽은 우리 팀 경기를 보러 오고, 나는 우리 팀하고 붙을 팀 경기를 보러 가야 하니까."

그 무리 중에는 황선우와 변형채도 있었다.

"그래, 그렇지. 그러면 이번에는 무슨 이유로 여기에 남은 거야?"

"우승을 노리는 입장에서 1위 팀에 대한 조사는 필수이니까."

변형채의 대답에 황선우가 피식 웃으며 질문했다.

"구 팀장은 여전히 우승을 노리는 모양이지?"

"아직 포기하기는 이르니까. 아직은."

"다른 기자 녀석 이야기 들어보니까 구 회장 건강이 더 안 좋아졌다는 소문이 있어."

"그게 무슨……."

"어쩌면 올해 말부터 현성 그룹 개편이 본격적으로 시작될지도 몰라."

황선우의 새로운 정보에 변형채는 썩 좋지 못한 표정을 지은 채 1루 쪽 더그아웃을, 엔젤스 선수단으로 채워진 그곳을 바라봤다.

그 표정이 분명하게 말해줬다.

변형채 전력분석팀장이 생각하는 현재 엔젤스 상태가 좋지 못하다는 것을.

황선우는 그런 변형채에게 군이 엔젤스에 대한 이야기를 더 끄집어내지 않았다.

"그보다 이진용이 정말 기록 달성을 할 수 있을 것 같아?"

달라진 화제에도 변형채는 여전히 표정을 풀지 않은 채 말

나는 전설이다 83

했다.

이번에도 그 표정이 분명하게 말해줬다.

오늘 이진용의 기록 달성이 결코 쉽지 않다는 것을.

"쉽진 않겠지. 일단 돌핀스 타자들의 타격감이 너무 좋아. 스카우팅 리포트에 쓸 수 있는 거라고는 알아서 조심하시오, 라는 것밖에 없을 정도이니까."

"요즘 돌핀스 타선이 무섭지. 타선 힘으로 리그 1위를 한다고 해도 과언이 아니니까."

"상대 투수가 후안 가르시아라는 것도 문제야."

"이번 시즌 유일무이한 무패의 투수. 아니, 이진용이 있으니까 유이무삼하다고 해야 하나?"

"하지만 개중에서도 가장 큰 위험 요소는 이진용, 본인이 느끼는 부담감이지."

"쯧."

이어진 변형채의 말에 황선우가 짧게 혀를 찼다.

그사이 변형채가 말을 마무리했다.

"1군에 데뷔하자마자 40이닝 무실점을 했는데 찬사나 박수를 받기보다는 오히려 앞으로 9이닝을 더 무실점으로, 완봉을 거둬야 한다는 부담감이 어떨지 솔직히 난 상상도 안 되거든."

"동감이야."

그것으로 다시 그 둘이 침묵에 빠졌다.

우아아아!

그리고 경기가 시작됐다.

경기 시작 전 야구장은 분주해진다.

그야말로 시장통이나 다름없을 정도의 어수선함이 야구장 곳곳을, 틈 없이 채우기 시작한다.

하지만 그런 어수선함 속에서도 유일하게 고요한 곳이 있었다.

선발투수, 마운드라는 외롭고 고독한 곳에 올라가야 할 임무를 짊어진 그들의 주변만큼은 고요했다.

이진용의 주변 역시 그러했다.

이제는 선수들이 전부 사라진 라커룸, 그 라커룸의 한구석에서 이진용은 조용히 보고 있었다.

[이진용]

-최대 체력 : 88

-최고 구속 : 132

-보유 구종 : 포심 패스트볼(A), 투심 패스트볼(S), 스플릿 핑거 패스트볼(S), 체인지업(B), 슬라이더(B), 커브(B), 컷 패스트볼(C)

-보유 스킬 : 심기일전(D), 일일특급(D), 라이징 패스트볼(A), 마법의 1이닝, 무쇠팔(D), 리볼버, 컨트롤 마스터(A), 철인, 에이스

[일일특급 효과에 의해 슬라이더의 구질 랭크가 B랭크로 상승했습니다.]

'체력 3포인트 그리고 커터 랭크업.'

최근 획득한 2만 포인트마저 소모해 얻은 것까지 적용된 능력치를 조용히 바라보는 이진용에게 그의 능력치를 볼 수 있는 또 다른 이가 입을 열었다.

-이제야 사람 구실 좀 하겠네.

침묵을 깬 김진호의 말에 이진용 역시 침묵을 깼다.

"예, 사람 구실은 하겠죠."

그제야 비로소 침묵이 깨졌다.

허나, 분위기는 썩 좋지 못했다.

대답하는 이진용의 표정이 그다지 좋지 못했으니까.

-그런데 뭐가 불만이야? 처음 봤을 때는 재활용도 불가능해서 음식물 쓰레기봉투에 넣어서 몰래 버려야 할 정도였던 걸 생각하면 사람 구실이라도 하게 된 것에 대해서 기뻐해야지.

"사람 구실을 하는 것만으로는 괴물들의 리그에 갈 수 없으니까요."

이진용, 그가 원하는 건 그게 아니었으니까.

-아무렴.

그리고 김진호가 원하는 것 역시 그게 아니었으니까.

-괴물들의 세상에 가려면 괴물이 되어야지. 여기서 네가 만족 가득한 미소를 지었으면 네 뒤통수를 후려쳤을 거다. 쳐지진 않지만. 아, 진짜 한번 쳐보고 싶긴 한데…….

메이저리그.

괴물들이 별처럼 수놓아진 그곳이 이진용 그리고 김진호가 원하는 세상이었다.

처음부터 그랬다.

김진호가 이진용을 만나는 순간부터 그리고 이진용은 김진호를 만나기 전부터.

그때부터 이미 그들이 원하는 곳은 그 괴물들이 별처럼 수놓은 곳에 서는 것이었다.

-문제는 역시 그거지.

그리고 그것을 위해서는 필요했다.

-엔젤스 우승, 20년 넘게 우승을 못 한 이 팀 같은 똥을 한국시리즈 우승자로 만들어야지 메이저리그에 갈 수 있다는 거.

엔젤스 우승.

-혹여 진용이 네가 이번 시즌에 262.2이닝을 던져서 방어율 0.99를 찍더라도 엔젤스가 우승 못 하면 넌 메이저리그 못 간다. 49.1이닝 무실점 같은 건 백날 찍어도 소용없지.

오로지 우승만이 현시점에서 이진용이 메이저리그에 갈 수 있는 결과물이었다.

49.1이닝 무실점 피칭 기록 같은 건 그저 우승이란 결과를 만들기 위해 치러야 하는 과정일 뿐이었다.

"압니다."

이진용 역시 그 사실을 잊지 않고 있었다.

"그래서 말했잖아요?"

잊지 않기에 준비했다.

"김진호 선수처럼 지배자가 될 거라고."

지배자가 될 준비.

-오호, 표정을 보니까 뭔가 계획을 준비해 둔 모양이지?

김진호의 질문에 이진용이 고개를 끄덕이며 대답했다.

"호가호위가 무슨 의미인지 아십니까?"

-설마 내가 사자성어도 모를 것 같아서 물어보는 거냐? 응?
여우가 호랑이의 위세를 빌려 깝친다는 의미잖아?

"호가호위가 주는 교훈은 그게 먹힌다는 거죠."

-뭐?

"말 그대로요. 호가호위가 주는 교훈은 여우도 호랑이란 빽
을 빌리면 호랑이처럼 깝쳐도 아무도 뭐라고 못 한다는 겁니다."

이진용의 그 해석에 김진호가 조금은 얼빠진 표정으로 고
개를 갸웃하며, 미심쩍음이 깃든 음색으로 말했다.

-그게 그렇게 해석되는 건가?

"그렇잖아요? 여우가 호랑이 이름 빌려서 뭐라고 했는데 안
먹혔으면 그런 사자성어가 생겼겠어요?"

-그야 그렇지.

"이번에 기록을 깨면 구단에 지원을 요청할 겁니다."

말과 함께 이진용이 준비된 야구모자와 글러브를 챙기며 자
리에서 일어났다.

-어떤 지원을?

"호랑이 위세도 좀 지원해 달라고."

-아, 그래서 그때 구 팀장 상대로…….

그제야 이진용의 의중을 깨달은 김진호가 재미있는 사냥감을 발견한 듯한 미소를 지었다.

-이 새끼, 가만 보니 완전 야비한 새끼였네! 그런 건 또 어디서 배웠냐? 응? 이 얍삽한 새끼!

"그야 김진호 선수가 2004년에 카디널스 있을 때 구단주랑 짝짜꿍해서 선수단을 지배한 일화에서 배웠죠."

-응?

"그래서 별명이 지배자 아닙니까?"

-짝짜꿍이라니! 그때는 선수단 분위기를 잡기 위해서 구단주랑 이야기 좀 나눈 거지! 그것도 별거 아니었어. 내가 한 거라고는 구단주랑 악수하는 사진이나, 구단주랑 골프 치는 사진이나, 구단주랑 밥 먹는 사진이나, 구단주 차를 주차하다가 범퍼 좀 깨뜨린 일을 선수들에게 말해준 것밖에 없었다고! 그리고 지배라니? 내가 한 건 구단 분위기 해치는 놈들 다독여준 것밖에 없는데? 물론 그 과정에서 고성이 오고 가긴 했지만, 사나이들 사이에서 그 정도는 장난이지, 아무렴.

반박하는 김진호의 모습에 이진용은 대답하지 않았다.

대신 떠올렸다.

2004년 김진호가 지배했던 카디널스란 구단이 무엇을 이룩하고, 어떤 성적을 냈었는지.

그것을 떠올리며 이진용이 모자를 쓰며 라커룸을 벗어났다.

"스윙, 스트라이크!"

돌핀스 대 엔젤스의 주중 3연전 두 번째 경기, 그 경기의 1회 초는 돌핀스의 외국인 투수인 후안 가르시아를 위한 무대였다.

"아우우웃!"

후안 가르시아.

메이저리그에서 인상적이진 않지만 5시즌이라는 긴 시간을 뛰었던 도미니카 공화국 출신의 투수로 포심 패스트볼의 평균 구속이 150킬로미터에 이르며, 커브와 체인지업, 슬라이더 등 다양한 구질을 능숙하게 쓰는 투수.

-후안 가르시아 선수의 오늘 공, 매우 좋네요.

-이미 후안 가르시아 선수에 대한 검증은 2016시즌에 끝이 났죠. 작년 시즌 200이닝을 던지면서 3점대 초반의 방어율을 찍은 투수에게 과연 무슨 검증이 더 필요하겠습니까?

더불어 그는 이미 2016시즌 자신의 가치를 한국프로야구에 명명백백하게 증명한 투수였다.

그 대가로 이번 시즌 받는 연봉이 무려 180만 달러!

-최근 후안 가르시아 선수의 피칭 내용은 좋습니다. 흠잡을 곳이 없어요. 6월에 이르러서 구속이 절정에 이르고 있습니다.

-전 경기에서는 몸이 풀리자 153킬로미터짜리 포심 패스트볼을 던지기도 했죠.

-그렇습니다. 결정적으로 후안 가르시아 선수는 최근까지 패가 없는 투수입니다.

-승운이 따르는 선수이죠.

-예, 이진용 선수에게 있어서는 이 중요한 무대에서 가장 큰 적을 마주한 셈입니다. 옛말에 운장 이기는 명장은 없다는 말이 있지 않습니까?

-그렇지요. 하물며 후안 가르시아 선수는 그저 운만이 전부인 선수도 아니고요.

전설을 앞둔 이진용이 상대해야 하는 투수는 그런 투수였다.

그야말로 특급이라는 표현이 부족하지 않은 투수.

그렇기에 돌핀스 선수단은 자신했다.

"이진용이란 놈, 임자를 만난다는 게 무슨 의미인지 보여주지."

오늘의 승리를.

"그동안 팀을 잘못 만난 거지. 진짜 강팀이 어떤 건지 보여주자고."

막연한 자신감이 아니라 현재 리그 1위라는 근거와 이번 시즌 후안 가르시아가 무패의 투수라는 근거, 그 무엇보다 확실한 두 개의 근거가 만들어준 자신감이었다.

"오늘 이진용이 탈탈 털어보자고!"

"예!"

그런 그들이 내뿜는 자신감은 더그아웃 안을 가득 채우다 못해 넘쳐 흘러나와 그라운드를, 더 나아가 마운드마저 흥건하게 젖게 만들 정도로 엄청났다.

―진용아, 지금 돌핀스 애들이 널 어떻게 생각하는지 내가 말해줄까?

마운드 위에 올라선 투수라면 느낄 수밖에 없을 정도.

―개허접 뽀록 땅딸보 추남 또라이 투수에게 임자가 무엇인지 알려주자! 지금 쟤네들이 저렇게 생각하고 있어. 확실해. 아마 설문조사를 하면 100명 중 99명이 그렇다고 할 거다.

당연히 후안 가르시아의 뒤를 이어 마운드에 오른 이진용 그리고 김진호는 그러한 사실을 분명하게 느낄 수 있었다.

"어째 자꾸 안 좋은 표현들이 늘어나는 거 같은데 김진호 선수가 그렇게 생각하는 건 아니죠?"

―그럴 리가 있냐? 난 그냥 내가 느끼는 바를 알려주는 것뿐이야. 아무렴. 설마 내가 널 개허접 뽀록 땅딸보 추남 또라이 투수라고 생각할 리가 없잖아?

"진짜요?"

―물론이지! 적어도 난 널 개허접 뽀록 투수라고는 생각하지 않아!

"그럼 나머지는요?"

―땅딸보에 추남에 또라이인 건 맞잖아? 너 키 커? 잘생겼어? 제정신이야? 응?

그 말에 이진용은 글러브로 가린 입가를 찌푸렸다.

-어쨌거나 돌핀스에 고마워해라.

그런 이진용에게 김진호가 분명하게 달라진 어조로, 진지하기 그지없는 어조로, 마치 총사령관이 중요한 전투를 앞두고 지령을 내리는 듯한 어조로 말했다.

"뭘요?"

-널 상대로 승리를 자신해 주고 있잖아?

그 말에 이진용이 찌푸려진 입가에 미소를 지었다.

-누누이 말하지만, 선발투수로 나왔을 때 승리를 자신해 주는 상대만큼 고마운 상대도 없어. 어쨌거나 널 얕본다는 거니까. 그리고 그럴 때, 내가 어떻게 하라고 했지?

"감사히 잘 먹겠습니다, 인사하라고 했죠."

-그래, 감사 인사 꼭 해. 그래야 안 체한다.

그 말이 끝남과 동시에 이진용이 제 입을 가리고 있던 글러브를 치웠다.

[에이스 효과가 발동합니다.]

[에이스 효과에 의해 포심 패스트볼의 랭크가 마스터 랭크로 상승합니다.]

[에이스 효과에 의해 구속이 2킬로미터 상승했습니다.]

[에이스 효과에 의해 체력이 상승했습니다.]

[에이스 효과에 의해 포인트 획득량이 20퍼센트 증가합니다.]

그 순간 에이스 효과가 발동했고, 그 사실에 이진용이 입가에 미소를 만연하게 지었다.

-이것 봐라?

'이것 봐라?'

당연히 이진용은 그 순간 고민하지 않았다.

-포심이?

'포심이?'

초구는 포심 패스트볼.

코스 역시 고민하지 않았다.

'돌핀스의 1번 타자 이명진, 이번 시즌 타율 3할 4푼. 초구 공략에 적극적인 타자. 초구로 패스트볼 하나 던져주면 기꺼이 배트를 휘둘러 주겠지.'

코스 역시 고민하지 않았다.

'마스터 볼 랭크의 포심 패스트볼을 확인하기에 최고의 상대군.'

스트라이크존 안.

'이 공이 먹히면 오늘 이 게임 내가 먹는다.'

그 안을 향해 이진용이 패스트볼을 던졌다.

그리고 그에 대한 결과는 곧바로 나왔다.

-이명진 선수, 초구 타격!

-아! 먹혔어요.

-중견수가 콜을 하며 내려옵니다.

[166포인트를 획득하셨습니다.]

[현재 한국프로야구 신기록인 49.1이닝 무실점 기록까지 9이닝 남았습니다.]

[기록을 경신할 경우 다이아몬드 룰렛 이용권이 지급됩니다.]

그 결과가 나오는 순간 이진용과 김진호는 미소를 지으며 나지막한 대화를 나눴다.

-진용아, 인사해야지.

"감사히 잘…… 호우하겠습니다."

-응?

그리고 당연히 이진용은 소리쳤다.

"호우!"

사냥의 성공에 대한 확신이 가득 찬, 맹수의 환호였다.

우승.

프로스포츠의 모든 것들이 바라는 궁극의 목표점.

-우승? 일단 리더가 필요하지. 선장 없는 배가 한 척의 배만을 허락하는 항구에 도달할 수 있을 리 없으니까.

그런 궁극의 목표점에 도달하기 위해서는 리더가 필요하며, 그 사실에 반문을 제기하는 자는 없다.

대신 의문을 제기한다.

-팀을 우승으로 이끌 리더의 자질?

과연 팀을 우승에 이르게 하는 리더에게 필요한 자질은 무엇일까?

-많은 게 필요하지. 좀 더 솔직하게 말하면 많을수록 좋아. 하다못해 리더에게는 돈이 많아서 나쁠 게 없어.

사실 그 질문은 무의미한 질문이다.

-당장 1만 달러가 없어서 안절부절못하는 루키에게 지갑에서 세계에서 가장 많이 찍힌 프랭클린 초상화 백 장 정도를 건네줘 봐. 그 시즌 동안 루키는 최소한 100만 달러 이상의 보답을 하려고 할걸?

리더에게는 무엇이 있어도 부족하니까.

하물며 팀을 우승시키기 위한 리더라면 더더욱 무엇이 있어도 나쁠 건 없다.

그러니까 이런 질문보다는 다른 질문이 좋다.

-그러니까 질문을 바꾸자고. 팀을 우승시키기 위해 리더에게 꼭 필요한 게 뭔지.

최소한의 조건.

그 질문에 대해서 김진호는 이렇게 말했다.

-결과. 실력이나, 피지컬이나, 재능이나, 가능성 같은 건 아무래도 좋아. 구속이 100마일이 나오든 110마일이 나오든 그게 아니라 결과를 만들어야 해.-

결과를 만들 줄 알아야 한다고.

-인성이 좋고, 인품이 뛰어나고, 타의 모범이 되고 이런 것도 분명 중요하지만, 이 바닥은 그렇게 예의와 존중이 넘치는 바닥이 아니거든. 이 바닥은요, 가느다란 나무 배트 하나로 야구공을 150미터 너머로 보내는 맹수가 수틀리면 마운드로 뛰쳐나오고, 그런 100마일짜리 공을 던지는 투수가 엉덩이에 101마일짜리 공을 던져서 복수하는 바닥이야.

인성과 인품보다 그게 더 중요하다고.

-그런 무대에서 인품이 뛰어나지만, 방어율 4점대에 매 경기에 나오면 5이닝 간신히 막는 투수가 뭔가 이야기하면 어떻게 될까? 10명 중 8명은 뭐래 저 병신이? 이렇게 나와. 하지만 성격이 개차반 같은 놈이라도 매 경기에 나와 8이닝 이상 던지며 1점대 방어율을 유지하는 놈이 무슨 이야기를 하면 10명 중 10명이 귀를 기울이지. 한국말로 그 소리를 지껄이면 한국어를 배우는 한이 있더라도 들으려고 할걸? 그래, 지금 우리 선수들이 내 말에 귀를 기울이는 이유가 바로 그거야.

2004년 김진호가 카디널스 소속으로 활약할 당시 남겼던 말이다.

더불어 그해에 김진호는 카디널스를 내셔널리그 우승으로 이끌면서 자신의 말이 허언이 아님을 증명했다.

그리고 지금 2017년 6월 7일, 광주구장에 있는 자그마한 투수 한 명이 김진호의 말을 다시 한번 증명하고자 마운드에 섰다.

펑!

"스윙, 스트라이아아아이크, 아웃!"

[155포인트를 획득하셨습니다.]
[삼진을 잡으셨습니다. 보너스 포인트를 획득하셨습니다.]
[현재 5이닝 무실점 피칭 중입니다.]
[현재 누적 포인트는 4,505포인트입니다.]

이진용.

5이닝 1피안타 1볼넷 8탈삼진.

그리고 이제 자신의 연속 이닝 무실점 기록을 45이닝으로 만들었다는 사실을 소리 내어 세상에 알렸다.

"호우!"

그러자 그 소리에 세상은 대답했다.

호우!

1루 쪽 관중석, 그곳에 있던 엔젤스 팬들이 엔젤스 응원단장의 구호에 맞추어 만들어낸 대답이었다.

호우, 그 두 글자가 광주구장을 가득 채우는 순간이었다.

"미친 새끼."

"저 새끼 정신 나간 거 아니야?"

그 광경에 광주구장의 본래 주인인 돌핀스 선수들이 신경질적으로 번뜩이는 눈으로 노려봤다.

그 눈빛은 경기 초반 이진용을 바라보는 눈빛과는 전혀 다른 종류의 눈빛이었다.

"저 새끼가 정신 나간 놈이고 자시고, 이대로 가다가는 우리 정신이 나가버리겠어."

"그래, 미치겠다, 미치겠어."

경기 시작 전 돌핀스 선수단은 이진용을 상대로 승리를 자신했다.

그의 무실점 피칭 기록을 광주구장에서 끝장내리란 사실에 일말의 의심도 하지 않았다.

리그 1위 팀이라는 사실과 무패의 투수를 앞세운 근거 넘치는 자신감이었다.

'이건 말도 안 돼.'

그 자신감이 무너지는 데에는 1이닝이면 충분했다.

1회 말, 이진용은 돌핀스 타선을 상대로 14개의 공을 던졌다.

던진 구질은 다양했다.

우타자를 상대로는 투심을 적극적으로 던졌고, 좌타자를 상대로는 커터도 한 번 던졌으며, 스플리터와 커브, 체인지업, 슬라이더도 선보였다.

시장에서 보따리를 풀듯 자신이 보여준 모든 구종을 풀었다.

그러나 결정구는 똑같았다.

'저 새끼, 포심이 왜 이렇지?'

'오늘 이진용의 포심이 말도 안 돼. 130짜리 공이 절대 아니야.'

포심 패스트볼.

이진용, 그는 1회 말에 네 명의 타자를 상대하며 개중 세 명의 타자의 아웃카운트를 포심 패스트볼만으로 뜯어냈다.

그건 꽤 충격적인 일이었다.

분명 이진용의 포심 패스트볼은 나쁘지 않았다.

그러나 그 나쁘지 않음이란 그가 가진 구속, 130대 초반의 구속에 비해서 나쁘지 않다는 것이지 리그 전체를 놓고 봤을 때 이진용의 포심 패스트볼은 프로라면 누구든 칠 수 있는 공이었다.

'포심을 노렸는데……'

실제로 돌핀스 타자들은 대부분이 이진용의 포심 패스트볼을 노리고 있었다.

말도 안 되는 무브먼트를 보여주는 투심이나 스플리터 그리고 레이번스 전에서 보여준 기상천외한 커터는 무시한 채, 이진용이 볼카운트를 만들기 위해 던지는 포심 패스트볼을 노리기로 했다.

연습도 그에 맞췄다.

이진용이 던지는 포심 패스트볼을 연구하고, 분석한 뒤 이미지화를 하고 그에 맞춰 스윙 연습을 했다.

'우리가 분석한 거랑 전혀 다른 포심을 던지고 있어.'

그러나 오늘 이진용이 가져온 포심 패스트볼은 돌핀스가 예상하고, 기다리던 것이 아니었다.

그보다 더 강하고, 무겁고 동시에 특이했다.

무어라 말할 수 없는 볼 끝의 힘을 가지고 있었다.

마치 배트와 부딪치는 순간, 그 순간 보이지 않는 손이 공의 위치를 살짝 비트는 듯한 느낌.

'한 번이지만 전광판에 137까지 찍혔고.'

심지어 3회 말, 타순이 한 바퀴를 돌며 1번 타자가 다시 한 번 이진용을 만나는 순간.

그 순간, 이진용이 던진 포심 패스트볼이 137킬로미터라는 구속으로 찍혔다.

이진용은 130대 초반의 공을 던지는 투수이다, 라는 개념이 송두리째 무너지는 순간이었다.

돌핀스의 전투 의지가 꺾이는 순간이기도 했다.

-역시 타자 일순 후에 리볼버로 퍼포먼스 한 번 보여준 게 제대로 먹히고 있네. 네 포심에 아직 정신을 못 차리고 있어.

당연한 말이지만 그 모든 건 이진용이 기획하고, 준비하고 노리던 것이었다.

-포심이 먹히면 사실상 게임은 끝이지. 게임 오버. 유 윈. 퍼펙트!

그것도 그냥 기획이 아니라, 그 누구도 아닌 김진호의 조언 아래에서 준비한 기획.

-덕분에 6회까지는 무난하게 막겠네. 그러면 무쇠팔 발동할 테고, 그 이후 체력은…… 마법의 1이닝 안 쓰고도 충분히 10회까지 던질 수 있겠는데? 응? 안 그래?

완벽.

감히 그 표현을 써도 될 만한 일이었다.

그러나 그토록 완벽하기 그지없는 5이닝을 선보인 이진용이 더그아웃으로 들어왔을 때, 더그아웃의 분위기는 그다지 좋지 못했다.

이유는 당연히 그것이었다.

"엔젤스 빠따 새끼들아 1점만 내라고!"

지금 어디선가 들려오는 엔젤스 팬의 말 그대로, 엔젤스 타선이 1점도 내지 못했다는 것이 이유였다.

사실 이건 예상된 바였다.

'아, 미치겠다. 어떻게든 점수 내야 하는데 후안, 이 새끼 공장난 아니야.'

'괜히 무패 투수인 게 아니네. 공이 영상으로 볼 때와 타석에서 볼 때 전혀 달라.'

'변화구 구사 능력이 작년보다 더 좋아졌어. 볼 배합도 변칙적으로 변했고.'

후안 가르시아.

작년 시즌 200이닝을 던지며 3점대 방어율을 기록했던 그는 이번 시즌 그 대단했던 작년 시즌보다 훨씬 더 강력하고 위력적인 모습을 보이고 있었으니까.

당장 지금 후안 가르시아의 방어율은 2.11이었다.

산술적으로 본다면 9이닝 동안 주는 점수가 2점에 불과하다는 것.

그런 그에게서 최근 타격감이 그다지 좋지 못했던 엔젤스가 1점을 내는 게 쉽지 않으리란 건 엔젤스 타자들은 물론, 오늘 경기를 보는 모든 이들이 예상한 바였다.

심지어 오늘 스포츠 토토에서 엔젤스의 승보다, 돌핀스의 승에 베팅을 한 이들이 더 많았다.

'이번에도 점수 못 내면 면목이 없다.'

'이런 짓도 한두 번이지, 이진용 올라올 때마다 이러네.'

물론 그건 변명이 될 수 없었다.

투수는 점수를 막고, 타자는 점수를 낸다. 그것이 팀이 승리하기 위해 필요한 것이고, 팀의 승리야말로 선수가 존재하는 이유였으니까.

그게 분위기가 침울한 또 다른 이유였다.

변명조차 할 수 없다는 것.

-진용아…….

그 사실을 이진용도 알고 있었다.

지금 상황이 좋지 못하며, 엔젤스 타자들이 결코 1점을 내는 것이 쉽지 않다는 것을.

-너 미쳤냐?

그런데 더그아웃에 들어온 이진용은 여유 넘치는 모습으로 콧노래를 흥얼거리고 있었다.

"흐우, 흐우, 흐우~!"

호우 소리를 콧노래로 내면서.

-진용아, 그러지 마. 무섭잖아…….

김진호가 질색할 정도.

그러나 이 순간 이진용은 진심으로 기분이 좋았다.

'포심이 먹힌다.'

좋을 수밖에 없었다.

'포심이 먹혀!'

포심 패스트볼.

흔히들 직구라고 불리는 그 공이 다른 그 누구도 아닌 프로 레벨에서 통하는 날이었으니까.

'드디어 내 포심이 먹힌다고!'

그것이 되지 않아서, 자신의 패스트볼이 먹히지 않아서 야구와 관련된 모든 꿈을 접었던 이진용이기에 오늘 이날은 그야말로 역사적이고도 기념비적인 날이었다.

'분위기도 최고고!'

그와 동시에 이진용은 지금 더그아웃의 분위기가, 이 침울한 분위가 꽤 마음에 들었다.

자신과 눈을 마주치는 것조차 부담스러워하는 선수와 코치들의 모습이 마음에 들었다.

'그래, 내 눈치를 봐야지.'

이진용은 이미 결심했다.

엔젤스를 우승시키기로.

결심이고 자시고 그것만이 지금 이진용이 가야 할 유일한 방향이었다.

문제는 이제 프로 데뷔 1년 차인 이진용이 나서서 리더가 된다는 건 일반적인 경우에는 불가능하다는 것.

호가호위, 호랑이의 위세를 빌리더라도 여우 정도 되어야 늑대들을 상대로 그게 씨알이 먹히지, 토끼가 호랑이의 이름을 팔아봤자 늑대들에게는 별 소용이 없다.

때문에 이진용은 도리어 엔젤스 선수들이 자신을 어렵게 보고, 자신의 눈치를 보고, 자신을 상대로 고개를 숙이기를 원했다.

더욱이 이진용, 그가 원하는 건 하하 호호 웃는 관계 따위가 아니었다.

리더와 부하.

군주와 졸개.

까라면 까는 관계.

'분위기도 끝내주는군.'

결정적으로 이진용은 오늘 무대 자체가 마음에 들었다.

'팀 타선은 점수를 내지 못해서 결국 0 대 0으로 연장전에 들어가고, 연장전 10회 초에 점수가 나오고, 10회 말에 내가 나와서 막으면······.'

이보다 더 극적이고 완벽한 무대는 없을 테니까.

"후후후······."

그 순간을 상상하던 이진용이 히죽거리기 시작했고, 그 모습에 김진호가 슬그머니 뒷걸음질 치며 나지막이 중얼거렸다.

-얘 왜 이래? 설마 귀신 들린 건가? 가만, 악귀면 어떻게 하지? 내가 싸워야 하나?

그렇게 게임이 계속됐다.

마운드 위에서 선발투수는 경쟁자다.

무대를 차지하기 위해 서로 싸우는 경쟁자.

그렇기에 모두가 기억할 만한 명경기는 오로지 한 명의 주연만으로는 나오지 않는다.

주연에는 그에 어울리는 조연이 있듯, 손이 마주쳐야 박수가 나오듯, 투수가 가진 진짜 기량이 절정에서 나오는 것은 상대팀 투수가 그에 어울리는 피칭을 했을 때다.

그것이 이진용이 그동안 놀라운 피칭을 할 수 있었던 이유 중 하나였다.

그와 함께 마운드를 쓰던 투수들은 경기 초반에는 이진용을 잊게 만들 정도로 멋진 피칭을 보여줬었고, 그로 인해 이진용이 긴장할 수밖에 없도록 그리고 집중할 수밖에 없도록 만들었다.

0 대 0, 그 긴박한 상황이 이진용이 가진 모든 것을 끄집어낼 수 있게 해줬다.

그리고 지금 이 순간 후안 가르시아는 이진용에게 있어 최고의 경쟁자가 되어줬다.

"스트라이크, 아웃!"

-루킹 삼진! 후안 가르시아가 9회 초 마지막 카운트를 자신의 열네 번째 삼진으로 장식합니다.

-대단해요. 정말 대단해요.

9이닝 4피안타 1볼넷 14탈삼진 그리고 무실점.

완벽한 피칭.

홈팬들이 마지막 아웃카운트를 잡는 순간 자리에서 일어나 환호성을 내지른 뒤 박수갈채를 뿜어야 마땅한 피칭이었다.

"아!"

하지만 광주구장을 채운 돌핀스의 팬들은 후안 가르시아의 그 열네 번째 삼진 앞에서 자신들의 기쁨을 폭발시키지 못했다.

"아……."

오히려 반대, 기쁨보다는 짜증과 두려움이 가득한 표정으로 마운드를 바라봤다.

그리고 후안 가르시아, 그 역시 돌핀스 팬들과 비슷한 표정으로 1루 쪽 더그아웃을 바라봤다.

마치 경주를 앞둔 경주마처럼, 지금 당장 마운드로 뛰쳐나오지 못해 안달이 난 자그마한 괴물을 바라봤다.

"퍼킹 크레이지 호우맨!"

이진용, 마운드를 향해 당장 뛰쳐나올 것 같은 그를 보며 후안 가르시아가 욕지거리를 내뱉었다.

이윽고 공수교대가 이루어지는 순간 이진용이 마운드를 향해 걸어 나오기 시작했다.

처벅, 처벅.

당장 뛰쳐나올 것과 같은 기세와는 달리 느릿한 걸음으로.

마치 패션쇼장에서 패션쇼를 보여주듯.

모두에게 자신의 존재감을 보듯 걸어 나오는 그가 글러브로 가린 입술 사이로 나지막한 목소리를 중얼거렸다.

"노래 한 곡 불러주시죠."

-내가 그런 건 마다하지 않지. 그래서 신청곡은?

"골라주세요."

-마이클 잭슨의 Bad. 지금 상황에서 이보다 잘 어울리는 곡은 없을 거다.

곧바로 이진용의 귀로 마이클 잭슨이 남긴 명곡, Bad의 가사가 흘러들어오기 시작했다.

김진호의 말대로 이진용의 지금 상황에 퍽 어울리는 노래였다.

그런 노래는 이진용이 마운드에 올라오는 순간 그대로 멈췄다.

우아아아!

우우우우!

1루 관중석 쪽에서 폭포처럼 흘러내리는 환호성과 광주구장 전체에서 뿜어져 나오는 야유 소리에 김진호의 노래가 들릴 틈 따위는 존재치 않은 탓이었다.

이진용, 그가 그렇게 마운드에 올라왔다.

-이진용 선수가 마운드에 올라왔습니다. 이제부터 이진용 선수는 1.1이닝을 더 던지면 선동열 선수가 남긴 최다 이닝 무실점 기록과 동일한 기록을 보유하게 됩니다.

-아웃카운트 다섯 개면 본인이 새로운 전설이 되지요.

국보급 투수가 남긴 전설에 1.1이닝, 4개의 아웃카운트만을 남긴 채로.

　-그리고 이대로 이진용 선수가 9회 말마저 무실점으로 막는다면, 어쩌면 오늘 이곳에서 새로운 전설을 볼 수 있을지도 모릅니다.

　더욱이 점수는 0 대 0, 9회 말이지만 이진용은 본인이 원한다면 다음이 아닌 오늘 이 자리에서 전설이 될 기회를 앞두고 있었다.

　"과연 지금 저 마운드에 선 기분이 어떨까?"

　"분명한 건 난 기회를 줘도 저 마운드에 올라가진 않을 거야. 바지에 오줌을 지려도 모를 테니까."

　"바지에 오줌만 지리면 다행이지. 여기서 만약 실점을 한다면, 이제까지 해온 모든 탑이 무너지는데…… 소름이 끼치는군."

　"심지어 패전투수까지 되어야지."

　"끔찍하군."

　"섬뜩하고."

　서슬 퍼런 칼끝 위에 올라선 채 별을 코앞에 두고 있었다.

　-어때 기분이? 실점 한 번이면 개뽀록 허접 쓰레기 땅딸보 추남 또라이 패전투수가 될지도 모르는 상황에 선 기분이?

　그 상황 속에서 김진호가 질문을 던졌다.

　그 질문에 이진용은 글러브로 입을 가린 채 대답했다.

"정상적인 인간이라면 오금이 저려서 제대로 서 있을 수도 없겠죠."

칼끝에 서서 자신의 운명이 걸린 피칭을 해야 하는 상황을 정상적인 개념과 가치관을 가진 자가 담담히 받아들이는 게 가능할 리 없는 법.

-정상적인 인간이라면 그렇겠지. 하지만 넌 또라이잖아?

다행히도 이진용은 정상적인 인간이 아니었다.

-그래서 느낌이 어때?

"좀 미친 소리일지도 모르는데 오늘 중에 가장 컨디션이나 집중력이 좋은 거 같아요. 좀 과장하면 포수 미트가 바로 코앞에 있는 거 같아요. 너무 가깝게 보여서 공을 던져도 되나 싶을 정도로요."

그 말에 김진호가 지그시 이진용을 바라본 후에 고개를 돌려 타석을 바라봤다.

홈플레이트 위를 덮은 흙더미를 털어내는 주심과 선 채로 숨을 고르는 포수 그리고 좀 멀찍이 떨어진 곳에서 두 눈을 감고 집중력을 가다듬는 타자가 보였다.

-아직 타자가 타석에 서지 않는 걸 보니 시간 좀 남으니까 이야기 좀 해주지.

그것을 확인한 김진호가 말을 이어갔다.

-전설적인 선수들이 만들어낸 전설적인 경기들 있지? 예를 들면 그렉 매덕스의 76구 완투승이라든가, 2004년에 랜디 존슨이 마흔 살 먹고 달성한 퍼펙트게임이라든가, 위대한 메이저

리거 김진호의 일대기라든가.

"예."

-그런 그들에게 어떻게 그런 기록을 달성했냐고 물어보면, 대개 이렇게 대답해. 어쩌다 보니 잘됐습니다, 하늘이 도왔습니다, 신께 감사합니다, 팀 동료 덕분입니다.

"그렇겠죠."

-근데 사실 그거 다 구라야. 그런 전설적인 무언가를 할 때는 이미 선수 본인이 인지하고 있어. 이런 느낌이지.

말을 하던 김진호가 팔짱을 끼며, 기세등등한 표정을 지으며 말했다.

-씨발, 오늘 나 좀 쩌는 듯!

그러고는 곧바로 김진호가 팔을 풀었다.

-내가 매덕스와 존슨에게 물어본 적은 없지만 단언컨대 매덕스가 76구째 공으로 완투를 거뒀을 때나, 랜디 존슨이 퍼펙트게임 마지막 아웃카운트를 잡았을 때 그들은 이렇게 생각했을 거야.

그 순간 이진용이 대답했다.

"나는 전설이다."

-응?

"그렇게 생각했겠죠."

그 말에 김진호는 이진용을 잠시 멍한 눈으로 바라보더니 이내 옅은 미소를 지은 채 마운드를 내려갔다.

더 이상 말은 없었다.

이진용 역시 입을 여는 대신 모자를 고쳐 쓰며, 이제는 타석에 선 타자를 바라봤다.

그리고 생각했다.

'나는 전설이다.'

"플레이볼!"

그렇게 9회 말이 시작됐다.

이진용은 김진호에게 많은 것을 배웠다.

타자를 상대하기 위한 무수히 많은 방법들.

그렇게 위대한 투수로부터 배움을 받은 이진용에게 있어 1회부터 8회까지, 24개의 아웃카운트를 잡으면서 치른 타자와의 만남은 대결임과 동시에 검진이었다.

'강현종, 오늘 바깥쪽 공에 대한 반응이 느렸어.'

'김기수, 전체적으로 타격감이 살아 있다. 때문에 오늘 빠지는 공에도 배트가 나온다. 칠 자신이 있다는 거겠지.'

'박영욱, 타율은 낮지만 파워가 있다. 오늘 내내 큰 것 한 방만을 노렸다. 하지만 무작정 노리진 않는다. 존을 좁게 보고 들어오는 실투만을 노릴 뿐, 존 바깥쪽 공은 꿈쩍도 안 한다.'

자신이 마주하게 될 타자의 오늘 성향과 컨디션, 노림수 그리고 약점과 장점을 파악하는 검진.

그 검진을 토대로 이진용은 처방법을 내놓았다.

'오케이, 바깥쪽을 물고 늘어져서 볼카운트를 만든 후에 스플리터로 낚는다.'

'그럼 기꺼이 던져주지. 투심으로. 쳐보라고.'

'바깥쪽만 물고 늘어져서 잡는다.'

그리고 그 처방법을 그대로 실천에 옮겼다.

9회 말 이루어진 이진용의 피칭은 그런 피칭이었다.

그 어떤 피칭보다 계획적이고, 계산적이며 합리적이고 상식적이기 그지없는 피칭.

"스윙 스트라이크 아웃!"

"아웃!"

"스트라이크 아웃!"

그러나 그 결과를 본 이들에게 있어서 그것은 비합리적이고, 비정상적이고 충격적인 것이었다.

"맙소사."

"저게 8이닝 동안 공 던진 인간 맞아?"

"미친 새끼! 지치기는커녕 어떻게 된 게 9회의 피칭이 오늘 피칭 중에 가장 위력적일 수 있는 거지?"

그렇게 단숨에 오늘도 여지없이 9이닝 무실점 피칭을 마친 이진용은 이번에도 여지없이 환호성을 내질렀다.

오른손을 번쩍 든 채 소리쳤다.

"호우!"

그렇게 번쩍 든 이진용의 오른손 모양이 평소와 달랐다.

이진용, 그가 평소처럼 꽉 쥔 주먹이 아니라 엄지를 곧게 치켜들고 있었다.

"응?"

심지어 이진용은 그대로 더그아웃으로 향했다.

마치 물속에 들어가듯, 엄지를 치켜든 채로 더그아웃으로 들어갔다.

"저게 뭐지?"

모두가 그 모습에 의문을 가지는 사이.

-야, 그건 또 뭐냐? 엄지는 왜 들어?

그중 한 명인 김진호가 이진용의 갑작스러운 제스처에 질문을 던졌다.

"영화 안 봤어요?"

-영화?

"터미네이터2."

그 대답에 김진호가 저도 모르게 반문했다.

-I will be back?

이진용은 대답 대신 진한 미소만 지었다.

10회 초, 연장전 시작과 함께 돌핀스는 불펜진을 가동했다.

나온 것은 돌핀스의 셋업맨 심현우였다.

너무나 당연하게도 돌핀스는 오늘 이 경기를 포기할 생각이 추호도 없었다.

"무조건 막는다."

오늘 경기가 단순한 1승이 걸린 경기가 아니라는 것을 1위 팀인 돌핀스가 모를 리 없었기에.

"총력전이다! 이기지 못하더라도 최소한 무승부로 끝낸다!"

그렇기에 돌핀스는 필승조를 가동했다.

"아, 돌핀스 새끼들 승수도 많은 놈들이 좀 봐줘라!"

"빌어먹을, 심현우, 얘 공도 장난 아닌데……."

엔젤스에게 있어서는 악몽과도 같은 일이었다.

더욱이 엔젤스의 악몽을 보다 깊고, 처절하게 만드는 것은 9회 말이 끝나는 순간 아이싱 대신 점퍼를 입고 있는 이진용의 존재였다.

'아, 또 10이닝인가?'

'기록이 걸렸고, 투구수도 많진 않으니까…….'

엔젤스 코칭스태프는 10회 말 이진용을 등판시킬 생각이었다.

9회 말까지 이진용의 투구수가 103구밖에 되지 않았고, 이미 10이닝 피칭을 해본 전력이 있으며, 결정적으로 1개의 아웃카운트만 잡으면 신기록 타이 보유자가 되며, 아웃카운트 2개면 새로운 전설이 탄생하는 상황.

심지어 구은서가 이진용을 불러다 신기록에 대한 당근을 준 상황에서 코칭스태프가 그것을 막을 이유는 물론, 방법도 없었다.

결정적으로 이진용이 본인이 원했다.

이진용 본인이 이대로 자신의 게임이 끝나는 것을, 자신이 리타이어 되는 것을 용납지 않았다.

'말도 안 되는 괴물하고 같은 팀이 되어버렸어.'

그 사실에 대해서 부담을 느끼지 않을 이는 단언컨대 단 한 명도 없었다.

심지어 이 순간 이진용은 웃고 있었다.

콧노래를 흥얼거리며 이 서슬 퍼런 칼날 위와 같은 곳에서 웃고 있었다.

'도무지 쟤 머릿속에 뭐가 있는지 난 모르겠다.'

'차라리 화라도 내면 모를까, 돌아버리겠네.'

그 모습에 엔젤스 선수단은 부담감을 넘어 이제는 공포마저 느낄 수밖에 없었다.

문제는 공포가 점수를 만들어내지는 않는다는 것.

10회 초, 엔젤스 타선에 광명은 없었다.

더불어 그 사실에 관심을 가지는 이도 없었다.

"10회 말이다."

"올라온다."

지금 이 순간 모든 이들의 이목은 오직 한 사람, 마운드에 올라오는 이진용만을 바라보고 있었으니까.

10회 말이 시작됐다.

[철인 효과가 적용되지 않습니다.]

일찍이 이진용은 10회에 올라오는 것이 무엇인지 직접 깨닫고, 경험해 봤다.

"마법의 1이닝."

10회에 선발투수가 올라온다는 건, 그 투수를 상대하는 타자에 있어 용납할 수 없는 일이라는 것을.

타자들이 느끼는 분노는 상냥한 양을 난폭한 늑대로 만들기에 부족함이 없다는 것을.

그러니까 그런 타자를 상대로 이빨을 드러낼 틈조차 주어서는 안 된다는 것을.

"심기일전."

그렇기에 이진용은 그동안 아껴두었던 모든 것을 아끼지 않고 꺼낼 속셈이었다.

심기일전을 꺼낸 것도 그 때문이었다.

하지만 심기일전을 꺼낸 것은 스트라이크존 아슬아슬한 코스에 공을 던지기 위함이 아니었다.

'목표는 몸쪽.'

노리는 곳은 지금 오른쪽 타석에 선 타자의 몸쪽.

몸에 맞지 않을 정도로 아슬아슬한 코스.

어쩌면 몸에 살짝, 옷을 스칠지도 모르는 코스.

그곳을 노리고자 했다.

두 가지를 위해서였다.

'홈플레이트에서 꺼져.'

어떻게든 이진용의 공을 치기 위해 홈플레이트에 바짝 달라붙는 타자들을 홈플레이트에서 떨어뜨리기 위한 위협.

몸에 맞을 정도로 깊숙한 몸쪽 코스에도 언제든 공을 집어넣을 정도로 자신의 오른팔이 정밀한 총이라는 것에 대한 증명.

위협과 증명, 노리는 바는 그 두 가지였다.

-타자의 몸에 공을 맞추는 건 바보나 하는 짓이야. 진짜 위협구는 맞지 않아야 의미가 있는 거야.

그리고 그게 김진호의 가르침 중 하나였다.

몸에 맞춰서는 안 된다.

하지만 그럼에도 몸쪽 깊숙한 곳에, 맞아도 어쩔 수 없을 정도로 깊숙한 곳에 찔러 넣어야 한다.

펑!

"헙!"

그래야 지금처럼 타자의 입장에서 전투 의지가 가득한 함성이 아닌, 숨넘어가는 소리가 나오니까.

'이 새끼가!'

물론 10회 말 상황에서 고작 몸쪽으로 깊숙하게 들어오는 공 하나만으로 타자의 기를 죽일 수 있을 리 없었다.

하물며 상대는 리그 1위 팀.

이기는 법을 아는 자들이다.

고작 몸쪽 공 한 번에 겁에 질려서 나약한 생각을 한다면 1위

팀이 될 수 없다.

리그 1위, 아직 시즌 초반에 불과하더라도 그 1위 자리를 한다는 건 남은 아홉 개 팀보다 더 뛰어나다는 의미이니까.

때문에 이진용은 기꺼이 또 던졌다.

"심기일전."

다시 한번 더 몸쪽.

"라이징 패스트볼."

이번에는 더 강력한 포심 패스트볼을 던졌다.

심지어 아끼지 않았다.

"리볼버."

이진용, 그가 남은 세 번의 리볼버 중 한 번을 지금 이 순간, 몸쪽 공을 향해 던졌다.

볼 판정이 나올 수밖에 없는 공에 자신이 투자할 수 있는 가장 가치 있는 것들을 투자했다.

하지만 아까움은 없었다.

아까움이 없으니 주저함도 없었다.

이진용은 곧바로 자신의 몸을 비틀었고, 토네이도와 같은 자신의 몸에서 공을 토해냈다.

펑!

그렇게 날아간 공이 다시 한번 타자의 몸쪽 깊숙한 곳에 박혔다.

"헉!"

그리고 그 사실에 타자가 저도 모르게 몸을 뒤로 뺐다.

'아차!'

그것으로 사실상 그 게임은 끝이었다.

그 모습으로 이미 타자는 투수뿐 아니라 이 경기를 보는 모든 이들에게 보여줬으니까.

"야이 병신아, 그냥 맞으라고!"

"그걸 왜 피해!"

지금 자신이 마운드 위의 투수를 상대로 겁에 잔뜩 질렸다는 사실을.

'젠장, 젠장!'

타자는 그 사실을 부정하고자 했다.

'내가 겁먹었을 리 없어.'

동시에 타자는 알고 있었다.

'빌어먹을 저런 거북이 새끼의 공에 겁먹었을 리가 없어.'

자기 혼자 열심히 이 사실을 부정해 봤자, 머릿속에서 그런 소리를 지껄여 봤자 세상은 알아주지 않을 것이며, 더 나아가 코치와 감독은 그 사실에 감점을 주리란 사실을.

'몸쪽으로 친다.'

그 사실을 부정할 수 있는 방법이 결국 마운드 위의 투수를 상대로 안타를 뽑아내는 것밖에 없다는 것도 알고 있었다.

때문에 타자는 기다렸다.

몸쪽으로 오는 공에 대해서 기꺼이 배트를 휘두를 준비를 했다.

'그래, 볼카운트는 2볼. 하나쯤은 존에 집어넣겠지.'

스트라이크 하나 없는 2볼 상황이라는 것 역시 타자로 하여금 노림수를 품게 했다.

그런 그에게 이진용은 기꺼이 몸쪽, 그러나 이번에는 스트라이크존에 들어오는 공을 던졌다.

차이점은 오직 하나.

빡!

포가 아니라 투라는 것.

"큭!"

투심 패스트볼.

포심을 노리고 배트를 휘두르는 자에게 악몽을 선사하는 그 구질이 제 역할을 해냈다.

"유격수!"

힘없이 내야 위를 움직인 공이 그대로 유격수의 글러브 속으로 빨려 들어갔다.

유격수는 그 공을 잡는 순간 수만 번 넘게 반복한 행위를 그대로 실현했다.

1루수를 향해 송구했다.

펑!

1루수 역시 수만 번 넘게 반복한 행위를 그대로 재현했다.

"아웃!"

주심마저 수천 번 넘게 반복한 행위를 다시 반복했다.

그럴 뿐이었다.

수천, 수만 번 했던 것을 각자 다시 한번 더 했을 뿐.

그러나 이 순간 그들은 여느 때보다 긴장된 상태로 그라운드의 분위기를 살폈다.

심지어 이 경기를 보는 모든 이들조차 긴장된 채로, 숨죽인 채로 기다렸다.

큰 폭풍이 불어오기를.

30년 넘게 그 누구도 범접하지 못했던 49.1이닝 무실점 피칭을 이룩한 투수가 내지를 환호성을.

호우!

그 두 글자가 부르짖어지기를.

'응?'

'어?'

그러나 아무리 기다려도 폭풍은 오지 않았다.

'뭐지?'

'호우 안 해?'

이진용, 아웃을 잡은 그는 환호성을 내지르지 않았다.

환호성을 내지르는 대신 입을 꾹 다문 채 마운드로 다시 걸어 올라온 후에 타석을 바라보며, 삐뚤어진 모자를 고쳐 썼다.

모자 아래로 드리워진 그늘 속의 눈빛을 날카롭게 번뜩였다.

그 뒤의 김진호 역시 말없이 눈빛을 번뜩인 채 서 있었다.

그것은 표현이었다.

'타이기록을 세우려고 여기 선 게 아니야.'

-타이기록만큼 의미 없는 것도 없지.

여기서 만족할 생각은 눈곱만큼도 없다!

'전부 다 잡는다.'

-유일무이해야지 의미가 있지.

즉, 이진용은 지금 자신이 가진 모든 것을 오로지 다음 타자를 잡는데 투자할 생각이었다.

호우, 그 소리를 내지르는 힘마저 아끼고 아껴 자신의 공에 담을 생각이었다.

그 사실에 모두가 놀라고 또한 긴장했다.

꿀꺽!

그리고 이제 곧바로 이진용과 상대하게 된 돌핀스의 6번 타자 이강수는 침을 삼켰다.

그뿐이었다.

'아.'

이 순간 이강수의 머릿속은 그저 하얗게 변해 버릴 정도였다.

자신이 아웃카운트를 당하는 순간 한국프로야구 역사에 없던 신기록이 세워진다는 사실에 대한 부담감 앞에서 기어코 마음이 무너지고 말았다.

그런 이강수는 사실상 실 끊어진 인형과 같았다.

왼쪽 타석에 섰지만, 아무런 것도 할 수 없는 인형.

이진용은 그렇게 넋을 잃을 이강수를 상대로 망설이지 않았다.

"스트라이크!"

초구로 스트라이크존에 걸치는 슬라이더를 던졌다.

"스트라이크."

2구째는 커브였다.

뚝 떨어지며 타자의 타이밍을 앗아가는 커브.

마지막 3구째는 스플리터였다.

"스윙, 스트라이크."

2스트라이크에 몰려 본능적으로 배트를 휘두를 수밖에 없는 타자를 먹어치우기에 가장 완벽한 스플리터.

"아우우우우웃!"

[한국프로야구 신기록을 경신하셨습니다. 다이아몬드 룰렛 이용권이 지급됩니다.]

그렇게 이진용이 3구만으로 한국프로야구 최다 무실점 이닝 기록 보유자가 됐다.

역사적인 순간.

기념비적인 순간.

한국프로야구 역사에 어쩌면 다시는 오지 않을 순간.

"호오…… 우?"

"이번에도 안 해?"

그러나 그 순간에도 이진용은 환호성을 내지르지 않았다.

야구는 끝날 때까지 끝난 게 아니다.

2아웃, 이후 무슨 일이 일어나도 이상할 게 없는 무대 위에서 이진용은 경거망동하지 않았다.

10회 말, 마지막 아웃카운트를 잡기 위한 준비를 했다.

다시 마운드를 올라갔고, 이번에는 마운드 뒤편으로 이동했다.

투수의 신발, 그 아래 달린 스파이크 사이의 흙을 제거할 수 있는 스파이크 클리너, 가시 돋은 판을 이용해 스파이크 사이의 흙을 제거했고 로진백으로 오른손을 적셨다.

마지막 아웃카운트를 잡기 위한 만반의 준비를 마친 후에 이진용이 마운드 위에 다시 섰다.

동시에 사인을 나눴다.

이호찬의 손가락을 바라본 후에 그대로 고개를 끄덕였다. 한 번의 대화로 대화를 마쳤다.

"라이징 패스트볼."

그 후에 이진용은 주문을 외우기 시작했다.

"심기일전."

준비해 둔 주문.

"리볼버."

그리고 오늘 쓸 수 있는 마지막 주문까지.

모든 주문을 마친 이진용은 그대로 곧바로 멈춤 없이 반짝이는 곳을 향해, 그곳을 향해 전력으로 공을 던졌다.

던진 공은 포심 패스트볼.

노리는 코스는 타자의 스트라이크존 높은 코스.

그 공에 대한 타자의 대답은……

딱!

높게 뜬 공이었다.

"호우!"

이진용, 그제야 그가 환호성을 내질렀다.

엄지만을 곧게 세운 자신의 오른손을 하늘 높이 들어 올리며!

50이닝 무실점!

한국프로야구 역사의 새로운 신기록이 세워지는 순간이었다.

동시에 더 놀라운 것을 보여줄 수 있는 무대가 만들어지는 순간이었다.

50이닝 무실점.

150개의 아웃카운트를 잡는 동안 단 하나의 점수도 주지 않아야 이룩할 수 있는 결과물.

선발투수라면 완봉승을 5번 연속 거두고도, 5이닝을 더 무실점으로 소화해야 이룩할 수 있는 결과물이며, 마무리 투수라면 50경기에 나와 50세이브를 실점 없이 기록해야만 이룩할 수 있는 결과물이다.

당연히 그것을 이룩한 투수가 있다면, 그 투수는 괴물이라고 부르기에 부족함이 없는 투수일 것이다.

보는 순간 모든 이들이 겁에 질리고, 압도당하는 아우라와 존재감을 뿜어대는 괴물!

그리고 지금 그 괴물이 엔젤스의 더그아웃으로 들어왔다.

"아임 투 핫! 핫 댐!"

마크 론슨의 앨범에 수록되고, 브루노 마스가 피처링한 2015년 빌보드 차트에서 가장 끝내줬던 노래 'Uptown Funk'를 아주 신나게 부르면서.

-핫 댐!

심지어 남들의 귀에는 보이지 않고, 들릴 리 없는 어마어마한 투수의 피처링과 함께.

그렇게 더그아웃에 들어온 이진용은 자신이 경기 내내 참고 있던 기쁨을 전력을 다해 표현하고 있었다.

사실 기쁜 것 자체는 이상한 일은 아니었다.

앞서 말했듯이 이진용이 이룩한 업적은 이진용에게 다시 한번 하라고 해도 할 수 있을 리가 없는, 어쩌면 이진용 이후 혹은 이진용 사후에도 이 기록을 다시 이룩한 이가 없을지도 모르는 것이었으니까.

문제는 방식.

이진용의 기쁨을 표현하는 방식에 그를 향해 축하 인사를 건네려던 엔젤스 선수단은 굳을 수밖에 없었다.

너무나도 흥에 취한 이진용의 노래에 끼어드는 것이 무례하게 느껴질 정도였으니까.

"호우!"

결국 노래의 끝과 함께 이진용의 호우가 나온 후에야 축하의 인사가 나왔다.

"지, 진용아 축하한다."

"이, 이야 대단하다. 50이닝 무실점 축하한다!"

"시, 신기록 축하한다."

그렇게 어색하기 그지없는 축하 분위기 속에서 11회 초가 시작됐다.

11회 초, 돌핀스는 여전히 강수를 포기하지 않았다.

심현우, 여전히 구위가 살아 있는 그를 마운드 위에 올려놓았다.

동시에 불펜에서는 마무리 투수를 비롯해 돌핀스가 내보낼 수 있는 필승조 전부를 대기시켰다.

심현우로 막을 만큼 막고, 필요하다면 마무리 투수를 1.2이닝 이상 던지게 하는 한이 있더라도 엔젤스에게 승리를 주지 않겠다는 의지를 노골적으로 드러냈다.

때문에 엔젤스에게 이진용의 대기록을 축하할 시간은 그다지 길지 않았다.

"정신 차려! 이번 이닝에 무조건 1점을 낸다!"

"1점이다! 1점만 내자!"

오히려 이진용의 대기록을 축하하기 위해서 모두가 11회 초에 점수를 내는 것에 집중했다.

그 사실에 이진용은 아쉬움을 느끼지 않았다.

-진용아, 노래 한 곡 더 부르자. 응?

[다이아몬드 룰렛을 활성화합니다.]

-어? 너 설마?

아쉬움을 느낄 때가 아니었으니까.

-11회에도 나갈 생각이냐?

이진용, 그는 여기서 자신의 질주를 멈출 생각이 없었다.

'만족하지 마라, 그게 김진호 선수가 가장 먼저 가르쳐 준 거 아닙니까?'

그것이 지금 이 순간 이진용이 찬란하게 빛나는 다이아몬드 룰렛을 바라보는 이유였다.

-스킬 [퀄리티 스타트]

-스킬 [마구(魔球)]

-스킬 [철마(鐵馬)]

-볼 마스터

-파이어 볼러

그런 이진용의 눈에 다섯 칸, 그 칸칸을 채우고 있는 것들이 박히기 시작했다.

거기까지였다.

칸칸을 확인한 이진용은 망설임 없이 룰렛을 돌렸다.

그러자 룰렛이 칸칸을 확인할 수 없을 정도로 빠르게 그리고 힘차게 돌아가기 시작했다.

그 광경을 멍하니 바라보던 김진호가 이내 무언가를 깨달은 듯 말했다.

-아! 저주 걸어야지. 까먹을 뻔했네.

그 말과 함께 김진호가 돌아가는 룰렛을 보면서 말했다.

-철마, 그래 그거 나오면 뭔가 날로 먹을 거 같으니까 그것만 나오지 마라.

그 순간 룰렛이 멈췄다.

[철마 스킬을 습득하셨습니다.]

-에이, 진짜 썅!

김진호가 그 사실에 저도 모르게 분노했다.

-나오지 말라면 나오고, 나오라고 하면 나오고. 이거 조작 아니야? 나 놀리려고 몰카 찍는 거 아니야?

그때였다.

-어?

벌떡!

이진용이 갑작스럽게 자리에서 일어났다.

-진용아, 왜 그래?

갑작스러운 이진용의 모습에 주변에 있던 모두가 놀라면서 그를 바라보는 순간.

그 순간 이진용은 주먹을 움켜쥐며 말했다.

"우오오! 힘이 솟구친다!"

'최악이다.'

11회가 시작되는 순간 봉준식 감독이 가장 먼저 한 것은 오늘 경기에서 가장 최악인 것을 꼽는 것이었다.

'여기까지 온 것 자체가 내 무능이다.'

그런 그가 생각하는 최악은 다름 아니라 본인이었다.

그건 결코 자책이 아니었다.

그것은 냉철한 판단의 결과물이었다.

'점수를 냈었어야 했다.'

본래 야구는 이기든 지든 9회에 끝나는 것이 가장 이상적이다.

그 어떤 감독도, 선수도 연장전을 염두에 두고 경기를 준비하고, 몸을 만들지 않으니까.

그러나 오늘 경기는 이미 10회를 넘어, 11회에 이르렀다.

이상과는 너무나도 먼 경기를 치르고 있었다.

'어떻게든.'

하지만 그건 결코 선수들이 못해서, 그들을 탓할 일이 아니었다.

'어떻게든 점수를 내서 경기를 9회에 끝냈어야 했어.'

오늘 선수들은 잘하진 못했어도 열심히 했다.

막말로 타자들이 안타를 치기 싫어서 안 치고, 점수를 내기 싫어서 내지 않을 리가 없지 않은가?

좀 더 들어가면 오늘 경기가 이대로 끝난다면 가장 손해 보는 건 다른 누구도 아닌 타자다.

감독? 감독은 연봉협상을 하는 경우가 없다. 오히려 한국프로야구의 경우에는 정해진 임기조차 제대로 채우지 못하고 경질되는 경우도 부지기수다. 오늘 경기 내용으로 봉준식 감독의 지갑 사정에 영향이 가는 일은 적을 것이다.

반면 타자들에게 있어 오늘 경기 내용은 연봉 고과 산정에 분명하게 적용될 것이다.

시즌이 끝나고 연봉 협상을 하는 자리에서 구단 관계자는 선수를 앞에 두고 이진용이 대기록을 세우던 날 당신들은 뭘 했습니까? 라는 질문을 분명할 것이고 그 이야기를 들은 타자들은 자기가 생각한 것보다 적은 연봉에 사인을 할 수밖에 없을 것이다.

선수들은 열심히 했다.

그럼에도 결과를 만들지 못했다면, 결국 감독이 제대로 하지 못한 거다.

'이진용의 10회 말 등판……'

그중에서도 더 최악은 이진용을 10회 말까지 마운드에 오르게 했다는 것이었다.

그것도 이번이 두 번째였다.

'내 무능의 극치지.'

투수에게 있어 10회에 마운드에 오른다는 건 대단한 일이다.

하지만 코칭스태프에게 있어 그것은 자신의 무능을 만천하에 증명하는 일이었다.

대체 코칭스태프는 뭘 했기에 선발투수가 10회에도 마운드에 오르게 한 건가?

하물며 선발투수가 11회에 오른다면, 선수는 찬사를 받을지언정 코칭스태프들에게는 비판과 비난이 쏟아질 수밖에 없었다.

'이진용을 11회에 올려야 할까?'

그럼에도 이 순간 봉준식 감독은 이진용의 11회 말 등판을 진지하게 고민하고 있었다.

비난과 비판을 받는 것을 두려워해서 진짜 선수에게 이득이 되는 선택을 하지 않는 것은 무능한 수준을 넘어, 지도자 자격이 없는 것이었으니까.

'여력은 있다.'

일단 냉철하게 본다면 이진용에게 11회 말에 올라갈 여력은 충분히 있었다.

10회 말 투구수가 채 10구도 되지 않았고, 오늘 던진 총 투구수는 110구가 되지 않았으며, 결정적으로 10회 말 구위는 1회 때와 비교해서 조금도 떨어지지 않았다.

'부담감도 덜하다.'

여기에 하나 더, 신기록 갱신에 대해 이진용이 느끼는 부담감 역시 적었다.

이제 실점을 하더라도 이진용의 한국프로야구 최다 이닝 무실점 기록 보유자라는 사실은 변하지 않을 테니까.

물론 실점하는 순간 패전투수가 된다는 리스크가 있다.

그러니 메리트를 고려해야 한다.

'이진용이 11회에도 정말 무실점으로 막는다면……'

이진용이 11회 말에 올라감으로써 얻을 수 있는 것이 무엇인지.

사실 이에 대한 답은 간단했다.

'전설이 된다.'

전설.

말 그대로다.

이진용이 11이닝 피칭을 선보인다면, 그 역시 새로운 전설이 되어 이진용이 야구를 하는 내내 그리고 야구를 마친 후에도 그를 빛나게 만들어줄 것이다.

'이런 무대가 언제 다시 올지 모르고, 다시 와서도 안 된다.'

이런 기회가 쉽게 오지 않는다는 것을 고려한다면, 그렇게 본다면 결코 놓칠 수 없는 기회인 셈.

'결국 이진용의 선택을……'

그렇게 시작된 봉준식 감독의 고민은 이진용의 선택을 존중하는 것으로 기울어졌다.

그의 의사를 물어보는 것으로 굳혀졌다.

그 무렵이었다.

"우오오! 힘이 솟구친다!"

이진용, 그가 자신의 의사를 표현한 건.

투수에게 있어 피칭이란 마라톤과 같다.

많은 체력을 요구하며 이닝이 거듭될수록 투수의 피로는 거듭 누적된다.

여기서 말하는 피로란 어깨에만 누적되는 게 아니다.

오히려 어깨는 멀쩡한데, 다른 부분에 피로가 쌓여서 결국 마운드를 내려가는 경우가 많다.

하체가 대표적이다.

투수들이 러닝 훈련을 빼먹지 않고 하는 이유가 다름 아닌 하체 체력을 연마하기 위함이다.

물론 하체와 어깨 외에도 허리나, 등, 목 등 피로는 곳곳에 쌓인다.

투수들이 어깨는 멀쩡한데 허리 부상, 무릎 부상, 목 부상, 등 부상으로 전력에서 이탈하는 이유였다.

그 사실은 이진용에게도 마찬가지였다.

100구가 넘는 피칭 속에서 이진용의 몸은 물을 잔뜩 머금은 걸레와도 같았다.

그리고 그 사실을 담담히 받아들이고 있었다.

당연한 일이었고, 그 사실은 당장 어떻게 하고 싶다고 해서 할 수 있는 게 아니었으니까.

다이아몬드 룰렛을 돌린 이유도 그 때문이었다.

무엇이든 좋으니, 체력이 떨어진 상황 속에서도 자신을 도와줄 무기를 얻기 위해서.

그런 이진용에게 새로운 무기가 장착됐다.

[스킬 철마(E)를 습득하셨습니다.]

스킬 철마.

그것을 습득하는 순간 이진용은 자신의 몸뚱이에서 힘이 솟구치는 것을 느꼈다.

"우오오!"

신비한 느낌!

그 신비함에 이진용은 저도 모르게 자리에서 벌떡 일어나며 감탄을 토해냈다.

"힘이 솟구친다!"

그렇게 소리 내어 감탄을 내뱉는 순간 이진용의 머릿속으로 그의 이성이 주인에게 말했다.

'아, 좆됐다!'

정말 정신 나간 짓을 했다고.

그렇게 자리에서 벌떡 일어난 이진용이 스윽! 잽싸게 눈동자를 굴리며 주변의 분위기를 살폈다.

당연한 말이지만 이진용 주변에 있던 이들은 놀란 눈을 껌뻑이며 이진용을 바라만 볼 뿐이었다.

개중에는 김진호도 있었다.

-애 뭐야…… 무서워…….

김진호가 귀신을 본 듯한 표정으로 이진용을 바라보며 슬금슬금 이진용과 거리를 벌렸다.

그런 좌중의 시선에 이진용이 침을 한 번 꼴깍 삼킨 후에 천천히 입을 열었다.

"어, 그러니까 지금 저는 너무 힘이 넘쳐서, 그래서 11회에도 올라갈 수 있을 것 같습니다! 하하! 하하하! 하하하……."

그러자 좌중은 눈빛과 표정으로 말했다.

'그럼 그냥 조용히 감독님이나, 투수코치님하고 이야기하지 왜 갑자기 그런 짓을 하는 거냐?'

몇몇은 좀 더 간단하게 질문했다.

'너 혹시 또라이니?'

그리고 김진호는 혹여 이진용이 그것을 이해하지 못할까 봐 해석도 해줬다.

-진용아, 큰일 났다. 너 또라이인 거 들키겠다! 아니, 조금 들킨 것 같다!

일생일대의 위기.

그런 이진용의 위기를 벗어나게 해준 건, 다름 아니라 그라운드에서 터진 소리였다.

빠악!

11회 초 1사 상황에서 터진 1번 타자의 큼지막한 타격음.

"어?"

"안타다!"

2루타, 드디어 엔젤스에게 득점 찬스가 왔다.

1사 상황에서 터진 2루타.

타격에 성공한 건 발이 빠른 1번 타자.

이제는 숨 쉬는 것조차 작전을 짜고 쉬어야 하는 상황 속에서 돌핀스와 엔젤스, 양 팀의 벤치는 분주하게 움직이기 시작했다.

"견제! 2루로 견제하라고 사인 보내!"

"3루 주루코치하고 계속 사인 주고받아! 가짜 사인 끼어두는 거 빼먹지 말고!"

선수들의 모든 관심도 그라운드로 향했다.

"막아야 해. 여기서 실점하면 이번 주는 끝장이야."

"1점만 내면 돼. 1점만!"

그런 어수선함 속에서 한 선수가 몰래 안도의 한숨을 내뱉었다.

"어휴……."

이진용.

자칫 잘못했다가는 정말 이상한 놈 취급을 받을 뻔한 위기에서 벗어난 그가 거듭 한숨을 내뱉었다.

-아니, 대체 뭐 때문에 갑자기 지랄을 한 거야?

그런 이진용에게 김진호가 스윽 다가오며 질문을 건넸다.

이진용은 대답 대신 자신이 얻은 것을 보여줬다.

[철마(鐵馬)]

-스킬 랭크 : E랭크

-스킬 효과 : 다음과 같은 효과가 적용됩니다.

-체력 +10

-체력 회복 속도 +20퍼센트

-부상 회복 속도 +20퍼센트

스킬 철마.

-미치겠네.

그것을 본 김진호의 입가에 헛웃음이 걸렸다.

김진호가 모를 리 없었다.

이 철마라는 스킬이 가지는 의미가 무엇인지 그리고 이 스킬의 가치가 어느 정도인지.

-루 게릭처럼 아주 그냥 뒈질 때까지 경기를 뛰라는 스킬이네.

철마.

메이저리그에서 이 별명은 오로지 한 명, 명예의 전당에 오른 메이저리그 역사상 최고의 1루수이며, 칼 립켄 주니어가 갱신하기 전까지 무려 2,130경기 연속 출장이라는 전무후무했던 기록을 가진 루 게릭에게만 허락된 별명이었다.

스킬의 효과는 그런 루 게릭의 별명에 어울릴 만큼 훌륭했다.

-부상 회복 속도 증가, 체력 회복 속도 증가 20퍼센트……5일 휴식할 걸 4일만 휴식해도 된다는 거로군.

선발투수의 경우에는 선발 피칭을 마치고 나면 체력이 떨어짐과 동시에 몸에 부상이 생긴다.

근육이 찢어지고, 미세혈관이 터지는 것 역시 부상이니까.

그런 체력과 부상의 회복 속도를 20퍼센트 증가시켜준다는 건, 김진호의 말대로 5일 휴식할 걸 4일 휴식으로 끝낼 수 있게 해준다는 의미였다.

-거기에 랭크도 있고.

심지어 철마 스킬에는 랭크가 있었다.

랭크업을 통해 얼마든지 이보다 더 나은 효과를 기약할 수 있다는 의미.

-나한테 이런 거 있었으면 내가 진짜 3일 휴식 등판에 한 시즌에 300이닝은 던졌을 텐데!

당연한 말이지만, 이런 철마 스킬마저 얻게 된 이진용은 더 이상 망설일 이유가 없었다.

"호우주의보 다음이 뭔지 아세요?"

-뭔데?

"호우경보입니다."

이진용, 그가 다시 마운드로 돌아갈 준비를 마쳤다.

11회 초 엔젤스 공격.

1사 주자는 2루, 2번부터 시작되는 타순.

엔젤스 입장에서는 오늘 있을 마지막 득점 찬스였고, 돌핀스 입장에서는 절벽 위에 내몰린 상황.

이 상황 속에서 양 팀의 감독은 일단 한 가지 사실에는 동의했다.

'1점이면 승부는 끝이다.'

오늘 경기에는 2점이든, 3점이든 그런 점수는 필요 없다고.

오직 1점이면 충분하다고.

그러나 이 1점을 내기 위한 방법에 대해서 양 팀의 감독의 생각은 전혀 달랐다.

돌핀스 감독은 생각했다.

'2번 타자가 아웃돼도, 3번과 4번이 있다. 여기서 엔젤스가 무리할 이유는 조금도 없어. 하물며 봉 감독 성격을 생각하면 여기서 절대 무리한 작전은 안 한다.'

2번 타자가 아웃되더라도 2사 상황에서 3번 타자 홍우형과 4번 타자 박준형이 나올 수 있는 엔젤스가 주자를 2루에 둔 상태에서 무모한 짓을 할 이유는 어디에도 없었다고.

여기서는 주자가 아니라 타자에게 맡기는 게 합리적이라고.

그리고 그게 봉준식 감독의 스타일이라고.

'승부는 홍우형과 박준형에게 맡기는 게 합리적이다.'

엔젤스 감독도 그런 돌핀스 감독의 생각 자체에는 동의했다.

'하지만 이제까지 그렇게 했는데 한 점도 내지 못했다.'

그러나 오늘 내내 그렇게 판단을 내렸음에도 결국 득점을 하지 못했다는 사실을 잊지 않았다.

잊지 않았기에 반성할 수 있었다.

'오늘 게임은 이미 상식을 벗어났어.'

더 나아가 오늘 경기 자체가 이미 비상식적인 게임이 되어버렸다는 것도 깨달았다.

'3루 도루다.'

그게 엔젤스 감독, 봉준식이 2루 주자에게 3루 도루를 주문한 이유였다.

그야말로 미친 짓.

반대로 미친 짓이었기에 돌핀스 감독과 코칭스태프들은 2루 주자가 3루로 뛰는 순간 기겁할 수밖에 없었다.

-도루!

-어? 어!

-도루 시도합니다!

더불어 돌핀스 내야수들도 당황할 수밖에 없었다.

"응?"

"어?"

"헉!"

포수도 당황했고, 투수도 당황했고, 3루수도 당황했다.

-송구우우, 어? 어!

그리고 그 당혹감이 사고를 만들었다.

-빠졌으요!

-공 빠졌습니다!

2루 주자가 3루 베이스를 향해 몸을 던지는 순간, 3루 도루 저지를 위해 포수가 던진 공이 3루수의 글러브를 벗어난 채 좌익수 방면으로 굴러가기 시작했다.

"드러가아아!"

3루로 몸을 날리는 다이빙을 했던 주자가 자신의 눈앞에서 미친 듯이 팔을 돌리는 3루 주루코치를 보며 본능적으로 자리에서 일어난 후에 홈을 향해 달리기 시작했다.

"잡아아아아!"

그사이 공을 잡으러 내려온 좌익수가 공을 바닥에서 낚아챈 후에 그대로 포수를 향해 다시 공을 던졌다.

공과 주자, 두 가지가 홈을 향해 움직였다.

'송구 기가 막히다!'

'빔이다, 빔! 레이저 빔!'

그중에서 먼저 홈에 도달한 건 좌익수가 송구한 공이었다.

하지만 그 사실을 파악한 주자 역시 포수의 미트를 피하기 위해 몸을 비틀기 시작했다.

푸홧!

그렇게 공을 잡은 포수의 미트와 주자의 장갑 낀 손, 그 두 가지가 홈플레이트에서 교차했다.

그리고 그것을 본 주심의 팔이 교차했다.

"세이프!"

그러자 균형이 무너졌다.

"챌린지!"

주심의 팔이 교차하는 순간, 돌핀스는 너무나도 당연하게 비디오 판독을 요청했다.

비디오 판독을 위해 경기가 소강상태가 됐다.

그 소강된 분위기 속에서 양 팀 팬들 그리고 선수들의 분위기가 들끓기 시작했다.

"아웃이야. 그 송구 봤잖아? 비이이임! 레이저 빔이었다고!"

"세이프라니까. 몸 비틀어서 글러브 피하면서 손으로 먼저 홈플레이트 터치했다니까!"

그러나 그 두 팀의 머릿속을 차지하는 건 똑같았다.

'제발 아웃이라고 해줘. 1점으로 리드 당하는 상황에서 그 새끼가 올라오면 미칠지도 몰라.'

'제발 세이프라고 해줘. 그냥 여기서 끝내자. 여기서 점수 못 내면 그 녀석이 미칠지도 몰라.'

이진용.

그의 존재감만이 그들의 머릿속을 가득, 아주 가득 채우고 있었다.

즉, 모두가 알고 있었다.

이대로 아웃이 되든, 세이프가 되든 11회 말에는 그 누구도 아닌 이진용이 올라오리란 사실을.

선발투수가 11회 말에 마운드에 올라온다는 사실에 그 누구도 의심하지 않았다.

그리고 그들의 예상대로 됐다.

-비디오 판독 결과 세이프, 원심 그대로 유지됐습니다.

-1점! 드디어 엔젤스가 승리로 가는 티켓을 구매했네요!

엔젤스, 그들이 드디어 귀하디귀한 오늘 경기의 선취점이자 첫 득점을 거두는 순간.

-돌핀스가 클로저를 올립니다.

-1점으로 막겠다 이거죠.

돌핀스가 마무리 투수를 올리는 순간.

-아! 2타자 연속 삼진!

-돌핀스가 1점으로 막네요.

돌핀스의 마무리 투수가 11회 초를 마무리 짓고 마운드를 내려가는 순간.

그 순간 이진용이 마운드로 돌아왔다.

과거 투수들에게 있어 10이닝, 11이닝 피칭은 그다지 이상한 일이 아니었다.

두 명의 선발투수가 15회까지 올라와 승부를 펼치며 전설을 만들던 때도 있었다.

하지만 투수의 역할이 분업화되고, 여러 보직이 생기고, 선수들의 몸값이 오르는 만큼 투수의 부상을 케어해주는 것이 여느 때보다 중요해지는 시대가 오면서, 9회를 넘어 마운드에 오르는 투수는 사라져갔다.

심지어 9이닝 피칭조차 위험하다고 판단된 듯, 시대가 지날수록 완투의 숫자마저 줄어들었다.

이제는 리그 수준급으로 평가받는 선발투수들 중에서 한 시즌 동안 완투를 한 번도 못 해본 경우마저 나올 정도였다.

-11회에 마운드에 올라가는 기분?

그 시대 속에서 당연하다는 듯이 11회에 마운드에 올라간 선발투수가 있었다.

-끝내주지.

김진호.

단 한 번이지만, 그에게는 11회 완투승이라는 전설과도 같은 일화가 존재했다.

말 그대로 11회까지 홀로 마운드를 책임졌었고, 승리했었다.

그것도 다른 어디도 아닌 메이저리그, 괴물들이 득실거리는 세상에서.

-10회와는 전혀 달라. 마운드가 아니라 그라운드 전체가 내 손에 들어온 느낌이지.

놀라운 일이었다.

-그게 문제였지.

하지만 김진호는 그 놀라운 무대에서, 11회라는 무대에서 완벽한 마무리를 하지 못했다.

-현실을 제대로 못 본 것.

11이닝 1실점.

김진호가 세운 그 기록에는 실점이란 흠이 있었다.

-그야말로 전지전능한, 마운드의 지배자를 넘어 절대자가 된 듯한 기분이었지. 하지만 그건 명백한 착각이었어. 11회의 나는 객관적으로 보면 그 여느 때보다 약했거든.

취해버린 탓이었다.

-생각해 봐. 투구수는 100구가 아니라 120구를 넘어선 상황이야. 어떤 상황이겠어? 어떤 상황이긴 체력은 바닥에 떨어졌고 집중력도 한계에 다다랐고, 탈수증상도 있고, 배도 고프고, 몸도 아프고, 구속은 물론 컨트롤도 떨어진 상황이지.

자신이 만든 상황에 취해 버린 탓.

-물론 구속이 떨어졌어도 150대는 넘어갔고, 컨트롤도 안 되는 건 아니었어. 문제는 말이야, 나만 지친 게 아니었다는 거였지.

인사불성.

그런 상태에서 당연히 김진호는 제대로 볼 수 없었다.

-야수들도 지쳤고, 코치들도 지쳤고, 심판들도 지쳐버리고 관중들도 지쳐 버렸어. 평소라면 자연스레 잡았을 땅볼이 내야 안타가 되고, 평소라면 단타로 끊었을 안타가 2루타로 연결되고, 평소라면 도루 저지를 했을 포수가 도루 저지에 실패하는 상황. 모든 게 평소와 다를 수밖에 없었어.

주변의 상황 그리고 자신의 처지를.

-그런 상태에서 모든 게 내가 바라는 대로 완벽하게 되기를 꿈꾸며 공을 던졌으니 실점할 수밖에.

그게 실점의 이유였다.

취해버린 채 현실을 제대로 직시하지 못했다는 것.

-그러니까 11회에 마운드에 오르면 가장 먼저 주변의 상황을 제대로 봐. 피칭은 그다음이다.

그리고 그게 이유였다.

"호찬 선배!"

"응?"

"잠깐 여기로!"

마운드에 오른 이진용이 처음으로 포수 이호찬, 그를 자신의 마운드로 부른 이유.

"잠깐 여기로!"

이호찬, 그는 이진용이 자신을 부르는 순간 머릿속으로 최악의 시나리오를 그렸다.

'문제가 생긴 건가? 통증? 부상?'

다름 아니라 이진용이 통증을 호소하고, 그 통증이 심각한 부상으로 이어지는 시나리오를.

상상만으로도 끔찍한 일이었지만, 한편으로는 얼마든지 일어날 수 있는 일이었다.

'조금이라도 이상을 호소하면 무조건 내려가야 해. 내가 이 녀석 머리끄덩이를 잡고 내려가는 한이 있더라도.'

이진용은 최근 너무 무리했으니까.

당장 성적만 봐도 그렇다.

첫 선발 데뷔전에서 7이닝 피칭을 한 후에 곧바로 3게임 연속 완봉승을 거두었다.

개중에는 10이닝 완봉승도 있었다.

아무리 휴식일을 더 줬다고 해도 이 정도 피칭을 했으면 이닝 이터 소리 듣는 투수들도 지친다.

한 시즌에 150이닝을 던지는 선발투수조차 손에 꼽을 정도인 게 한국프로야구의 현실인 걸 고려하면 더더욱 그렇다.

하물며 오늘은 11회에 올라왔다.

미친 듯이 달리던 자동차에 문제가 생기는 데에는 찰나의 순간이면 충분하듯, 지금 이 순간 이진용에게 문제가 생겨도 이상할 건 없었다.

"혹시 어디 아프냐?"

때문에 마운드에 올라오는 순간 이호찬은 가장 먼저 이진용의 통증을 물어봤다.

그 질문에 이진용이 눈살을 찌푸렸다.

'응?'

-응?

이진용과 김진호, 그 둘에게 이호찬의 그 질문은 이상한 짓을 하는 녀석에게 가서 너 어디 아프냐? 너 약 잘못 먹었냐? 그처럼 들렸으니까.

-으하하! 역시 들켰네, 들켰어! 진용아, 너 또라이인 거 들켰어!

김진호는 폭소했고, 이진용은 뚱한 표정을 지었다.

"저기 호찬 선배, 제가 좀 이상하게 보입니까? 또라이처럼 보여요?"

그 질문에 이번에는 이호찬이 이진용과 비슷한 표정을 지었다.

'무슨 소리야?'

이런 대답이 나올 줄은 예상조차 못 했으니까.

더 나아가 이진용의 말 자체도 문제였다.

'그럼 본인은 자기가 정상인처럼 보인다고 생각하는 건가?'

솔직히 이호찬은 이진용이 다 알면서, 자신이 또라이처럼 보일 걸 알면서 일부러 그런 행동을 한다고 생각했으니까.

"아니, 그게 아니라."

물론 지금 중요한 건 그게 아니었다.

"내가 물어보는 건 아픈 부위다. 미세한 통증이라도 느끼면 무조건 내려가야 해. 기록을 떠나서 네 커리어를 위해서. 올해만 공 던질 거 아니잖아?"

그제야 이호찬의 심정을 이해한 이진용이 표정을 풀며 말했다.

"몸은 괜찮습니다. 오히려 너무 좋아서 문제일 정도예요."

"그래? 그러면 왜 갑자기 날 부른 거야?"

"숨 좀 돌릴 겸 그리고 주변 상황 좀 살필 겸 해서요. 호찬 선배가 보기에 지금 돌핀스 타자들은 어때요?"

"어떻기는 다들 침울해 있지."

말을 하면서도 이내 이호찬이 눈매를 가늘게 뜬 채 스윽, 곁눈질로 돌핀스 더그아웃을 살펴봤다.

"하지만 최소한 무승부는 노리고 있어. 1점만 내면 어떻게든 된다는 생각으로."

"역시 1위 팀답네요. 이 정도로 포기하진 않겠다, 이거죠?"

"더 주의할 건 한 방으로 끝낼 생각이 없다는 거야. 하위타순부터 시작하는 것도 이유이겠지만, 절대 큰 거 노리고 배팅하지 않을 거다. 물론 뚜껑을 열어봐야 알겠지만."

귀중한 정보였다.

이진용이 그대로 공을 던졌다면 얻을 수 없었을 정보.

"주심 판정은 어때요?"

"좋지도 않고, 나쁘지도 않고."

"혹시 힘드세요?"

"응?"

갑작스러운 질문에 이호찬이 고개를 갸웃했다.

이후 질문을 이해한 이호찬이 곧바로 대답했다.

"아, 아니. 전혀."

당연한 말이지만 그 대답은 거짓말이었다.

다른 포지션도 아니고 포수 포지션인 이호찬은 지금 정말 죽을 맛이었으니까.

공을 받기 위해 앉을 때마다 그냥 양반다리를 한 채 주저앉고 싶은 심정이었다.

"그냥 한 말이 아니라, 진짜 대답을 듣고 싶어서 한 말이에요. 솔직히 지금 호찬 선배도 그렇고 야수들도 다 지쳤죠?"

"그야……."

그러나 이 이상 거짓말을 할 순 없었다.

"당연히 지쳤지. 타구가 날아오지 않더라도, 야수는 경기 내내 집중해야 하니까. 특히 네가 올라올 땐 더 심해. 알다시피 기록이 걸려 있으니까. 네 경기에서 실책 나오면 차라리 2군으로 가고 싶어질 정도라니까. 심지어 오늘 경기는…… 야수들은 죽을 맛일 거다. 점수도 못 내는데 실책까지 하면 2군이 아니라 팀을 바꾸고 싶어질 테니까."

그 말에 이진용이 고개를 끄덕였다.

고개를 끄덕이며 모든 것을 정리했다.

"그럼 최대한 삼진을 잡는 피칭으로 가야겠네요."

"오케이."

대화는 거기까지였다.

이 이상 대화를 나누기에 그들에게 주어진 시간은 제한되어 있었고, 더 이상 대화도 나눌 필요가 없었다.

이진용은 멀쩡하고, 삼진을 잡는 피칭을 할 생각이다.

이호찬이 인지해야 하는 사실은 그 두 가지면 충분했으니까.

"그럼 남은 1이닝 잘 부탁합니다."

"나도 남은 1이닝 잘 부탁한다."

그렇게 둘이 대화를 마치고 서로의 자리로 향했다.

그사이 마운드 위에서 마지막 대화가 이루어졌다.

"여기서 아웃카운트를 잡으면 전설이 되겠죠?"

글러브로 입을 가린 채 내뱉는 이진용의 질문에 김진호는 팔짱을 끼며 대답했다.

-전설이 시작되는 거지.

그렇게 이진용의 11회 말이 시작됐을 때, 광주구장에 호우 소리 세 번이 울렸다.

11이닝 완봉승.

이진용이 자신의 커리어의 네 번째 완봉승을 알리는 소리였다.

호우!

그 외침이 나오는 순간, 경기를 직접 지켜보던 구은서는 곧바로 홍보팀장을 대동하고 움직이기 시작했다.

그렇게 둘이 움직이기 시작했을 때, 어느새 그들 뒤로 전력분석팀장 변형채가 붙었다.

곧바로 변형채와 구은서가 움직이며 대화를 나눴다.

"대기록이 나왔군요."

"당연히 나와야죠."

"대단한 선수입니다. 설마 이런 모습을 보여줄 줄은 몰랐습니다."

"저도 그래요."

"그래서 지금 당장 만나실 생각이십니까?"

"당근은 빨리 줄수록 좋죠."

"무슨 당근을 주실 생각이십니까?"

그 질문에 대한 대답은 홍보팀장의 입에서 나왔다.

"뭐든 지원해 주기로 했습니다."

"뭐든?"

"자가용 지원부터 전세금 지원까지. 여차하면 법인카드까지 쥐어줄 생각입니다."

홍보팀장은 말하면서 미소를 짓고 있었다.

이 정도면 충분하다는 듯한 미소를.

하지만 그 대답을 들은 변형채의 표정은 달랐다. 그는 이해하기 힘들다는 듯한 표정을 지었다.

'정말 그걸로 끝내려고?'

실제로 이해할 수 없었다.

'한국시리즈 우승 조건으로 방출을 해달라는 투수한테?'

이진용, 그는 한국시리즈 우승을 조건으로 방출이라는 우습지도 않은 조건을 달라고 한 투수였으니까.

'메이저리그를 노리는 투수한테?'

그러함으로써 메이저리그, 괴물들의 무대에 몸을 던지려고 하는 투수였으니까.

그렇기에 변형채는 홍보팀장에게 재차 질문했다.

"정말 그게 답니까?"

"무슨 말입니까?"

"이진용이 그걸 요구했습니까?"

그 질문에 홍보팀장은 이진용과의 대화를 떠올리고는 재차 미소를 지었다.

"요구는 없었습니다. 우리 제안을 듣더니 넋이 나간 표정만 지었으니까요. 본인도 뭔가는 해주겠다고 생각했겠지만, 이 정도 대우를 해줄 줄은 이진용도 몰랐을 겁니다."

그 말에 변형채가 무언가 낌새를 느낀 듯 질문했다.

"멍한 표정을 지은 채 듣기만 했다? 그럼 이진용은 직접 어떤 요구도 안 한 겁니까?"

"딱히 없었지만…… 기록만 세우면 어떤 지원이든 해준다고 운영팀장님께서 직접 말씀하셨으니 필요한 게 있으면 본인이 요구하겠죠. 그게 뭐 대수입니까?"

홍보팀장의 그 대답에 변형채는 더 이상 질문하지 않았다.

'이진용, 그는 메이저리그행을 원한다.'

대신 계산을 시작했다.

'그리고 메이저리그에 가려면 엔젤스를 우승시키는 방법밖에 없다.'

그런 그의 머릿속에서 빠르게 계산이 이루어졌다.

'이진용은 또라이다.'

이윽고 계산이 끝났다.

'고로 이진용은 엔젤스를 우승시키기 위해 무슨 짓을 해도 이상하지 않다.'

그 순간 변형채의 등골이 싸늘하게 식었다.

◆ 4화 ◆
호가호위

한국프로야구 연속 이닝 무실점 신기록인 49.1이닝.

그 아득하기 그지없는 기록을 넘어 51이닝 무실점이란 대기록을, 심지어 그 기념비적인 기록을 그냥 완봉도 아니고 11이닝 완봉승이라는 놀라운 피칭으로 마무리한 날.

기쁘기 그지없는 날이지만, 그 기록을 이룩한 당사자에게는 그 기쁨을 즐길 여력은 없었다.

11이닝 완봉승.

선발투수에게 있어 이 기록은 마라토너가 42.195킬로미터를 완주한 후에 4킬로미터를 더 뛰는 것과 같은 기록이었으니까.

마운드를 내려오는 순간 그대로 잠들어도, 누구 한 명 뭐라고 할 수 없는 상황.

그런 상황에서 구은서를 비롯해 홍보팀장과 전력분석팀장,

구단 운영의 중심이라고 할 수 있는 이들이 찾아가는 건 아주 강력한 기습 공격과도 같은 것이었다.

대비는커녕 제대로 대응조차 할 수 없는 기습 공격.

"기다리고 있었습니다."

그러나 그런 기습 공격을 받은 이진용은 결코 기습 공격을 당하는 모습이 아니었다.

"그보다 다들 경기 보시느라 수고하셨습니다. 경기가 좀 길었죠? 점수가 나왔으면 더 빨리 끝났을 텐데, 하하."

오히려 반대, 구은서가 등장하는 순간 이진용은 기습에 당황하는 모습은커녕 마치 그들이 오기를 기다렸다는 듯한 모습을 보였다.

"그보다 그때 이야기 말입니다."

자연스레 대화는 이진용이 주도권을 쥔 채로 이루어졌다.

"대기록을 세우면 뭐든 지원해 주시겠다는 말, 그때 하신 약속에 대해서 드릴 말씀이 있습니다."

그렇게 주도권을 쥔 이진용은 단도직입적으로, 간을 보는 일 없이 곧바로 본론을 꺼냈다.

"아무래도 제가 선수단 내에서 좀 더 제대로 된 몫을 하려면 구단 차원에서의 지원이 필요할 것 같습니다. 즉, 구단이 아니라 모기업 차원에서 저에 대한 무언가 힘이 되어주셨으면 합니다. 좀 쉽게 말하면 빽이 필요합니다, 빽이."

오히려 이진용이 구은서를 비롯한 이들에게 기습 공격을 하는 순간이었다.

당연히 그 기습 공격을 당한 이들은 당황할 수밖에 없었다.

"그게 무슨 의미죠?"

그런 상황에서 구은서는 용케 반문했다.

"말 그대로입니다. 지금 선수단 내에서 저는 그다지 영향력이 없습니다. 아시다시피 전 내세울 학벌도 없고, 인맥도 부족하고, 그렇다고 한국프로야구에서 경력이 긴 것도 아니죠."

하지만 이진용은 이미 이 상황을 미리, 진작, 대략 일주일 전부터, 구은서와 홍보팀장이 그를 불러다 이야기를 했던 이후부터 준비하고 기획했다.

"굳이 말하면 외국인 투수라고 해야 할까? 좀 잘하는 외국인 투수, 그뿐이죠. 외국인 투수가 구단 내에서 성적 외적인 영향력을 미치는 경우는 많지 않죠."

"그거면 충분한 거 아닌가요?"

이진용은 구은서의 반문을 기다렸다는 듯이, 그녀를 향해 몰아치듯 제 의견을 내뱉었다.

"선수 한 명이 잘한다고 해서 팀이 우승할 수 있다고 생각하십니까?"

-아무렴!

"그랬다면 김진호 선수는 자신의 커리어 중 절반을 월드시리즈 우승 반지로 채웠을 겁니다."

-아무렴! 응? 야, 왜 갑자기 내가 나와?

"김진호 선수 같은 위대한 선수도 혼자서 해낼 수 없는 게 우승이란 겁니다. 심지어 김진호 선수조차 우승을 위해 팀을 옮겼음에도 우승하지 못했습니다. 월드시리즈 반지 하나 없이 야구 커리어를 끝냈죠."

-그야 그런데…… 젠장, 얘가 지금 날 물 먹이는 거야 칭찬하는 거야?

청산유수.

김진호의 피처링 속에서도 거침없이 나오는 이진용의 말 앞에서 구은서는 꿀 먹은 벙어리가 될 수밖에 없었다.

하물며 그녀와 함께 온 둘, 변형채와 장병헌은 감히 이 대화에 나설 수조차 없었다.

그저 열심히 눈동자만 굴렸다.

물론 똑같이 눈동자를 굴리는 모습과 달리 둘의 속내는 전혀 달랐다.

'이 미친 새끼, 뭐 하는 새끼야?'

장병헌은 자신이 며칠 전 봤던 얼빠진 표정을 짓던 때와 전혀 다르게, 마치 노리던 사냥감을 이미 한입 크게 물어뜯은 맹수처럼 구은서를 상대하는 이진용의 모습에 그저 당황할 뿐이었다.

'정론이다.'

반면 변형채는 이 순간 이진용의 모습에 놀라는 한편, 그의 의견에 격렬한 동의를 보내고 있었다.

"그래서 엔젤스가 올해 우승할 수 없다고 말하는 건가요?"

물론 구은서는 그 사실에 동의하지 못했다.

"시즌이 이제 고작 6월에 접어든 상황에서?"

그녀에게 이번 시즌 엔젤스의 우승은 무엇보다 간절한 것이었으니까.

간절한 것이었기에 그녀는 이번 시즌 자신이 할 수 있는 최대한의 역량을 발휘했다.

당장 데려온 외국인 선수들에게 준 돈은 공개된 액수보다 훨씬 더 많았으며, FA로 잡은 차운호와 홍우형의 몸값 역시 공개된 액수보다는 1.5배 가까이 들어갔었다.

"그것도 이번 시즌이 프로 경력이 처음인 당신이 엔젤스가 올해 우승하지 못한다고 확실하게 말할 수 있나요?"

이번 시즌 초반에 부진하는 중이지만 말 그대로 부진이었다.

본래는 그보다 훨씬 더 잘해야 하는 게 당연한 전력이지만, 그러지 못했으니까, 그러니까 부진이란 표현이 나오는 것이었다.

때문에 반등을 기대했다.

특히 이진용의 등장은 반등을 기대할 수 있는 가장 확실한 근거이자, 요소였다.

압도적인 에이스의 등장으로 팀의 분위기를 바꾼다면 언제든 우승을 노릴 수 있을 테니까.

그게 지금 구은서가 이 자리에 있는 이유였다.

이진용에 대한 대우를 해주기 위해서.

"확신할 수 있다면 근거가 뭐죠?"

그런데 지금 그 이진용이 지금 우승을 할 수 없다고, 이대로는 우승할 수 없다고 말하고 있었다.

구은서의 희망을 끊으려고 하고 있었다.

그렇기에 구은서는 이진용의 의견을 쉽사리 받아들일 수 없었다.

"저기, 구 팀장님."

"하고 싶은 말이 있으면, 얼마든지 하세요. 그것 때문에 이진용 선수에게 불이익이 간다면 제가 성을 갈죠."

그런 그녀에게 이진용이 펀치를 날렸다.

"지금 엔젤스란 팀에서 우승에 목숨을 건 사람이 몇 명이나 있다고 보십니까?"

진실이라는 펀치를.

엔젤스 선수단이 홈에서 치를 주말 3연전을 위해 서울로 향할 무렵.

다른 선수들은 이미 서울로 올라갔지만, 당분간 경기에 나올 이유도 없고 내일 훈련을 받을 필요도 없는 이진용은 광주에 마련된 호텔 숙소에 머물게 됐다.

-우리 진용이 살아 있뉘!

물론 혼자는 아니었다.

-재벌가 회장 손녀님 앞에서 웅? 그렇게 막 대뜸 팩트 폭행하고 웅? 그러다가 이제 조만간 검은 양복 입은 사람들 오고 웅? 갑자기 바다에 던져지고 웅? 물고기밥 되고 웅?

이진용의 곁에는 언제나 그렇듯 김진호가 있었고, 김진호는 몇 시간 전 있던 이진용과 구은서의 이야기를 가지고 이진용을 열심히 놀리고 있었다.

-나랑 똑같이 귀신 되고 응?

그런 김진호 앞에서 이진용의 표정은 당연히 구겨질 수밖에 없었다.

"가뜩이나 심장 떨리는데 자꾸 긁으실래요?"

오늘 11이닝 완봉승을 할 때보다 더 말도 안 되는 짓을 해버리고 말았으니까.

"어휴, 지금도 쪼그라든 간이 펴지질 않네."

구은서에게 돌직구를 던졌다.

그녀 입장에서는 아주 속 쓰릴 수밖에 없는 돌직구를.

"젠장, 너무 갑자기 던졌나……."

-뭐, 타이밍은 나쁘지 않았지.

당연한 말이지만 이진용은 이 돌직구를 던지면 구은서가 웃으면서 공을 받아줄 리가 없다는 걸 알고 있었다.

그 둘은 돌직구는커녕 그냥 야구공으로 캐치볼을 할 만큼 친한 사이도, 관계도 아니니까.

-정확히 말하면 지금 아니면 다음에는 늦는 거지.

그럼에도 그렇게 한 건 그렇게 해야 했기 때문이다.

-그리고 네가 틀린 말한 것도 아니고.

"그렇죠."

무엇보다 이진용이 던진 게 괜한 헛소리나 수작이 아니라

진실이라는 것, 그것이 이진용을 움직이게 했다.

"김진호 선수가 말한 대로 지금 엔젤스에는 저처럼 꼭 우승해야 하는 선수가 없죠."

우승을 간절히 바라는 이가 없다는 것.

그게 엔젤스의 현실이었다.

물론 프로 구단 그리고 선수는 모두가 우승을 바란다.

우승을 위해 열심히 뛰어야 하는 것도 맞다.

하지만 그건 너무나도 당연한 일이다. 너무나도 당연하기에 그저 바라는 것만으로는 아무도 우승할 수 없다.

다 바라니까.

다 바라니까 결국 더 간절하게 바라야 한다.

우승을 위해서는 뭐든 하겠다고, 이 한 몸 불사를 각오도 됐다는 간절함이!

하지만 지금 그런 선수가 엔젤스에는 거의 없었다.

-엔젤스가 우승 못 해도, 선수들은 포스트시즌에만 진출하면 연봉 인상은 따놓은 당상일뿐더러, 지금 잘하는 선수들 입장에서는 그깟 우승이 대수겠어? 몸 성히 커리어 만든 후에 FA로 대박 내는 게 우선이지.

일단 기존의 엔젤스 선수들은 우승을 하면 보너스가 나와서 좋고, 성취감도 있겠지만 그들에게는 그것보다 더 큰 먹잇감들이 눈앞에서 아른거린다.

특히 지금 주전급 선수들 중에 프로 데뷔 연차가 5, 6년 정도 된 선수들, 그야말로 팀의 주축이자 기둥이라고 할 수 있는 선수들에게 만약 FA 대박과 팀의 우승, 둘 중 하나를 고르라고 한다면 다들 FA 대박을 고를 것이다.

물론 열심히 안 한다는 건 아니다.

단지 뭔가를 할 때 최대한 몸이 성한 쪽, 자신의 커리어를 위한 쪽을 고려할 수밖에 없다는 건 분명한 사실.

-이번에 FA로 온 선수들은 더더욱 그렇지. 우승보다 계약한 시즌 동안 자기 성적만 잘 내는 게 더 중요하니까. 우승을 위해서 불사르다가 부상으로 2, 3년 쉬어봐. 옵션은 옵션대로 못 받고 비난은 비난대로 받고…… 그리고 마지막 계약 4년째에 부진하면 경기장에서 달걀도 받고, 맥주캔도 받지. 그래서 투수가 최고라니까. 마운드까지 맥주캔 던질 놈이면 관중석이 아니라 더그아웃에 데려와야 할 테니까.

이번 시즌 FA로 어마어마한 돈을 받고 온 선수들 역시 마찬가지였다.

그들은 오히려 더더욱 몸을 사려야 하는 입장이었다.

1년에 적게 잡아도 20억을 넘게 받는 몸이 된 그들 입장에서는 4년 동안 평균적으로 20억 성적을 내는 게 그 무엇보다 중요했으니까.

실제로 구단도 그러기를 바란다.

FA로 데려온 선수들이 드러누우면 그야말로 허공에 수십억 원이 날아가는 격이니까.

-외국인 선수들이야 애초에 메이저리그 뛰던 놈들이 한국시리즈 우승에 목을 맬 이유가 있을 리 없고. 예전에는 아예 그

냥 용병이라고 불렀잖아? 용병. 그냥 전력을 위해서 데려와서 쓰고 끝내는 용병.

외국인 선수들은 애초에 논외 대상이었다.

막말로 엔젤스란 팀에 입단한 지 고작 1, 2년이 된 선수들이, 그전까지는 한국이란 나라가 어디에 있는지도 모르고, 엔젤스란 팀이 있는지는 더더욱 몰랐던 선수들이 엔젤스 우승을 위해 자신의 모든 것을 불태운다?

이제는 선수를 비하하는 표현이라서 쓰지 않게 됐지만, 지금도 여전히 구단은 외국인 선수들을 용병으로 본다.

팀의 일원이 아니라, 그냥 전력 강화를 위해 영입한 선수.

그런 대우를 받는 외국인 선수들이 소속팀에 대한 무한한 애정을 품기를 기대하는 건 과한 기대다.

당장 일본 혹은 메이저리그에서 지금보다 더 나은 오퍼가 오면 내년에라도 떠날 이들이다.

결국 그런 관점에서 본다면 주축 선수들 중에서, 팀의 분위기를 바꿀 수 있는 저력을 가진 선수들 중에서 우승을 해야 할 만큼 간절한 이는 이진용밖에 없었다.

"에휴."

사실 이진용 입장에서도 그리 좋은 건 아니었다.

"내가 어쩌다 이런 팀에 와서……."

-야, 내 앞에서 그런 말 하지 마라. 내가 우승 한 번 하려고 그 지랄이란 지랄을 다 했는데…….

이진용 입장에서는 솔직히 엔젤스를 고른 이유 중 하나가 어느 팀보다 전력상으로 우승 가능성이 높았던 점이었으니까.

그런데 이런 고민을 하게 될 줄이야?

"설마 이번 일로 저한테 불이익이 오진 않겠죠?"

-무슨 불이익? 뭐 받는 것도 없는데. 오히려 구은서 입장에서는 널 빼면 진짜 우승은 어림도 없어지는데? 구은서가 정말 우승을 원한다면 널 지원해 주겠지.

"어떻게 지원해 줄까요?"

-글쎄, 나랑 애인 사이라고 말해주지 않을까? 구단주나 다름없는 여인을 여친으로 두면 그보다 더한 빽은 없잖아?

그 말에 처음으로 이진용이 미소를 지었다.

그 미소는 당연히 실소였다.

"말이 되는 소리를 하세요."

-나도 그냥 한 소리야. 상식적으로 구은서가 재벌집 회장 손녀가 아니더라도 너 같은 애랑 사귈 리가 없잖아?

그러나 그 미소는 오래 가지 않았다.

"너 같은? 그건 무슨 의미입니까?"

-의미가 아니라 사실인데?

이진용과 김진호, 둘의 눈빛이 허공에서 부딪쳤다.

파직!

스파크를 튀기면서.

"한번 해보자는 건가요?"

-어쭈? 한번 해볼까? 확 호부호모 해버린다? 응?

"빌어먹을, 그런 치졸한 협박을 하다니…… 어쩔 수 없지.

이 패는 안 쓰려고 했는데……."

그 스파크 속에서 황금빛 룰렛이 모습을 드러냈다.

-어? 너 이 새끼 룰렛을 왜 꺼내?

"간만에 골드 룰렛으로 염통을 한 번 조져드리죠."

그 룰렛 앞에서 김진호가 팔짱을 끼며 말했다.

-웃기시네. 까봤자 그냥 체력이나 오르겠지. 돌려봐 새끼야!

"돌립니다."

이윽고 그 둘 사이에서 돌아가던 룰렛이 멈췄다.

[볼 마스터를 획득하셨습니다.]

-아니, 씨발 진짜…….

"염통 조졌고, 다음은 간 조져드리겠습니다."

-지, 진용아 잠깐! 우리 무승부로 하지 않을래?

"에이, 천하의 김진호 선수 헛바닥이 왜 이렇게 길어요?"

그리고 다시 황금빛 룰렛이 모습을 드러냈다.

-진용아!

이윽고 룰렛이 멈췄다.

[스킬업(A랭크)을 획득하셨습니다.]

-윽!

김진호의 목소리도 멈췄다.

그렇게 밤이 지나갔다.

늦은 밤.

그 늦은 밤중의 논산천안고속도로 위를 사각형의 검은색 SUV 한 대가 힘차게 달리고 있었다.

부아앙!

야성미가 넘치는 모난 곳 투성이의 고가의 차량, 벤츠 G바겐의 질주는 그 외형처럼 거칠기 그지없었다.

안에 탄 이가 아름다운 미녀라는 사실을 그 누구도 감히 상상조차 못 할 정도로.

심지어 그 미녀는 보통 미녀가 아니었다.

대한민국 재계 서열이 한 손안에 꼽히는 현성 그룹의 회장의 손녀.

때문에 세상을 살아감에 있어 조금의 고민과 불만이 있을 리가 없는 여인, 구은서.

"쯧!"

그런데 지금 그런 그녀의 표정은 그렇지 못했다.

'이진용……'

이진용과의 대화가 그녀의 표정을 그렇게 만들었다.

이진용의 말은 그 정도로 충격적이었다.

'그래, 이진용의 말이 맞아.'

아니, 정확히 말하면 이진용의 말 자체가 충격적인 건 아니었다. 그가 한 말은 명백한 사실이었으니까.

'내가 야구를 얕봤어.'

충격적인 건 그런 이진용의 말에 구은서, 자신이 단 한마디도 제대로 반박하지 못했다는 점이었다.

'그저 단순히 전력 보강만으로 우승을 꾀할 수 있다고 너무 자신했어.'

이제까지 구은서가 상황을 잘못 판단했다는 것, 그것이 구은서의 표정을 불만 가득한 표정으로 만든 이유였다.

'그런 식이었다면 할아버지가 정정하셨을 당시에 이미 우승을 수도 없이 해봤겠지. 그동안 투자한 게 얼만데.'

솔직히 그녀는 엔젤스의 전력이 우승전력이라고 생각했다.

그녀만의 생각이 아니었다.

무수히 많은 전문가들이 시즌 시작 전 엔젤스를 우승 후보 팀으로 꼽는 데 주저함이 없었다.

그러나 현실은 달랐다.

4월 그리고 5월, 두 달 동안 50경기를 넘게 치른 엔젤스는 현재 5할 승률조차 유지 못 한 채 중위권을 간신히 붙잡고 있는 팀이었다.

반등?

물론 반등할 수 있다.

엔젤스가 6월과 7월, 두 달 동안 전력을 재정비할 수 있다면 충분히 반등할 가능성은 있다.

하지만 못한다면?

가능성이 그저 가능성으로 남는다면?

그럼 끝이다.

결국 다음 시즌을 기약해야 한다.

'그래, 선수들에게는 그저 시즌 하나가 끝날 뿐이지.'

보통 선수들에게는 특별할 것 없는 일이다.

엔젤스라면 더더욱 그렇다. 엔젤스는 그렇게 20년 넘게 우승을 하지 못한 채 살아왔으니까.

'그게 엔젤스였지.'

30년이 조금 넘는 한국프로야구 역사 속에서 우승을 못 한채 20년을 넘게 살아왔으니까.

'올해 무조건 우승을 위해 뭐든 할 인간은 엔젤스에 이진용하고⋯⋯.'

이런 상황에서 우승에 대해 절박한 건, 1년짜리 이면 계약을 맺은 이진용뿐일 터.

'⋯⋯나밖에 없어.'

그리고 동시에 구은서, 그녀 역시 올해 무조건 우승을 해야했다.

그렇기에 더 이상의 고민은 없었다.

'빽이 필요하다고? 좋아.'

더 이상 불만도 없었다.

'진짜 빽이 뭔지 보여주지.'

구은서 그녀가 눈빛을 빛내며, 그대로 엑셀을 힘껏 밟았다.

선발투수가 완투를 실감하는 건 그다음 날 눈을 뜨는 순간 온몸을 파고드는 고통을 느끼는 순간이다.

누가 말했는지는 알 수 없지만, 선발투수라면 모두가 공감할 수밖에 없는 말.

"몸이 아주 깃털이네, 아주 깃털이야."

그러나 더 이상 그것을 공감할 수 없게 된 사내가 있었다.

"끝내주네."

이진용.

11이닝 완봉승, 다른 투수라면 아침에 일어나는 순간 비명과 함께 대변을 본 후 뒤처리조차 왼손으로 해야 할 법한 결과물을 만들어낸 그는 놀라울 정도로 멀쩡한 모습을 보여주고 있었다.

"철마 스킬 끝내줘!"

그 비결은 당연히 그것이었다.

[철마(鐵馬)]

-스킬 랭크 : A랭크

-스킬 효과 : 다음과 같은 효과가 적용됩니다.

-체력 +26

-체력 회복 속도 +40퍼센트

-부상 회복 속도 +40퍼센트

철마.

부상과 체력 회복 속도를 대폭 증가시켜 주는 스킬.

당연히 이진용은 어제 얻은 스킬업(A랭크)을 이용해 철마 스킬을 A랭크로 만들었다.

고민 따윈 없었다.

선발투수에게 있어 부상과 체력이 빨리 회복된다는 건, 선발 등판일에 맞춰 컨디션 조절을 하기 더 쉽다는 의미였으니까.

선발투수에게는 그저 꿈과 같은 능력!

그게 아니더라도 부상 회복이 빨라진다는 사실 자체가 프로스포츠 선수에게는 축복, 그 이상의 일이었다.

-아, 부럽다.

김진호가 진심으로 부러움을 표현하는 이유도 그 때문이었다.

-아, 부러워!

김진호 역시 결국 체력의 벽을 넘지 못했고, 부상의 두려움에서 벗어나지 못했으니까.

"평생 부상 한 번 안 당해보신 분이 뭐가 그렇게 부러워요?"

물론 그런 것치고 김진호는 충분한 괴물이었다.

김진호가 체력의 벽을 넘지 못했다고 하지만 매 시즌 200이닝은 가뿐하게 소화하는 무지막지한 체력을 선보였고, 메이저리그에서 뛰는 11시즌 동안 단 한 번도 부상자 명단에 이름을 올린 적도 없었다.

오죽하면 신이 김진호에게 준 가장 큰 선물이 그 무엇도 아닌 금강불괴와 같은 육체라고 했을까?

-연봉으로 천만 달러 넘게 받아봐. 그때 가서 부상자 명단, 그것도 60일 이상 명단에 이름 올리잖아? 그거 옆에서 보기만 해도 멘탈이 너덜너덜해진다. 아주 죽는다니까.

"천만 달러 받으면 이야기합시다. 지금 저 연봉 2천만 원이에요."

김진호의 질문에 이진용이 대답과 함께 자신의 능력치 창을 활성화했다.

[이진용]

-최대 체력 : 114

-최고 구속 : 132

-보유 구종 : 포심 패스트볼(S), 투심 패스트볼(S), 스플릿 핑거 패스트볼(S), 체인지업(B), 슬라이더(B), 커브(B), 컷 패스트볼(C)

-보유 스킬 : 심기일전(D), 일일특급(D), 라이징 패스트볼(A), 마법의 1이닝, 무쇠팔(D), 리볼버, 컨트롤 마스터(A), 철인, 에이스, 철마(A)

[현재 일일특급 효과에 의해 체인지업의 스킬 랭크가 B랭크로 상승했습니다.]

어제 얻은 또 다른 수확, 볼 마스터를 이용해 마스터 랭크가 된 포심 패스트볼이 보였다.

'이걸로 이제 마스터 랭크 구질은 3개.'

볼 마스터.

그 아이템이 나왔을 때 이진용에게 선택권은 없었다.

A랭크 구질만 랭크업을 할 수 있는 상황에서, 이진용이 가진 A랭크 구질은 현재 포심 패스트볼이 유일했으니까.

그리고 포심 패스트볼이 마스터 랭크가 되어서 나쁠 것 역시 전혀 없었다.

이러니저러니 해도 이진용이 평생 동안 가장 많이 던지게 될 공은 포심 패스트볼이 될 테니까.

아니, 솔직히 말해서 이진용은 더 이상 자신이 가진 구질의 종류, 랭크에 대해서는 큰 불만이 없었다.

불만은 오직 하나.

"구속만 오르면 되는데······."

구속 증가 속도가 무척 느리다는 것.

그 불만을 가진 이진용에게 김진호가 조언을 했다.

-진용아, 그러지 말고 왼손으로 던져보는 게 어때? 혹시 모르잖아? 네가 알고 보니 좌완 파이어볼러의 재능을 타고났을지도?

"말이 되는 소리를 하세요."

-해봐, 인마.

"됐어요."

-야, 그러지 말고 해보라니까? 내가 보기에 너에게는 좌완

파이어볼러의 냄새가 물씬 풍긴다고!

이진용은 그 말도 안 되는 소리에 대응 대신 콧방귀를 한 번 뀐 후에 자리에서 일어났다.

자리에서 일어난 이진용의 표정은 진지하게 변해 있었다.

'이제 서울로 간다.'

어젯밤 구은서에게 돌직구를 던졌다.

당연히 구은서는 이진용이 던진 공에 대한 대답을 준비했을 것이다.

'서울로 가면 알 수 있겠지.'

그 어디도 아닌 서울의 잠실, 그곳에서 이진용이 던진 공에 대한 대답을 할 것이다.

뜸을 들이는 일은 없을 것이다.

이진용이 구은서에 대해서 잘 아는 건 아니지만, 그동안 본 그녀는 자기 주관이 명확할뿐더러 결단이 빠른 여인이었으니까.

당장 이진용을 영입할 때만 해도 그랬다.

이진용이 말도 안 되는 제안을 했음에도 그녀는 그 자리에서 결단을 내렸다.

장고 끝에 악수를 두기보다는 결단이 서면 즉답을 내리는 스타일.

'그녀가 나랑 캐치볼을 해줄지 아니면 그냥 무시하고 갈지.'

이번이라고 구은서가 그런 자신의 모습과 다른 모습을 보일 가능성은 없었다.

때문에 이진용은 굳은 표정으로 호텔 창문 너머를 바라봤다.

그런 그의 표정을 본 김진호가 한마디 했다.

-똥 마려우면 가서 싸.

"에이, 진짜! 이게 어딜 봐서 똥 마려운 표정이에요?"

-아니었어? 그럼 무슨 표정인데?

"영웅본색에서 결사항전을 앞두고 출격을 앞둔 사나이의 표정이죠!"

-그래? 그럼 진작 말하지. 오케이, 분위기 깔아줄게. 영웅본색 OST로 가주마.

말과 함께 김진호가 노래를 시작했다.

-헹! 헹시우셍! 쪼이와이응워쏭완닌!

"시끄러워요."

그 모습에 이진용이 손을 휙휙 저으며 김진호를 등졌다.

-야, 어디가?

"똥 싸러 갑니다!"

-짜식, 똥 마려운 거 맞았네. 야, 가기 전에 심심하지 않게 메이저리그 영상이나 틀어줘!

그렇게 이진용과 김진호의 하루가 시작됐다.

페넌트레이스에 쉼이란 없다.

하루 경기가 끝난 후에는 다음 경기를 준비해야 한다.

혹여 그 경기와 경기 사이에 서울과 부산 사이의 거리가 있다고 해도 어떻게든 경기를 치러야 한다.

그야말로 지옥과도 같은 나날들.

그런 지옥 같은 페넌트레이스의 나날들 속에서 보통의 선수들과 달리 나름 여유를 가질 수 있는 보직이 있다.

선발투수.

그들은 자신이 선발로 등판한 다음 날, 보통 선수들과 다르게 많은 자유와 여유가 주어진다.

보통 선수들이 오후 1시까지 구장에 출근해서 개인 훈련과 단체 훈련을 한 뒤 시합을 준비하는 것과 달리, 오후 4시 무렵에 슬그머니 등장해서 가벼운 스트레칭과 마사지만 받은 후에 경기 시작 때만 얼굴을 비추고 남은 시간 동안은 휴식을 취할 수 있는 자유와 여유.

오후 4시 무렵에 이진용이 잠실구장에 모습을 드러낸 이유였다.

"안녕하십니까!"

그렇게 라커룸에 등장한 이진용이 기본적인 훈련을 마치고 이제 경기를 준비하는 동료 선수들을 향해 힘차게 인사를 했다.

그런 이진용의 등장 인사에 엔젤스 선수들이 마치 미어캣처럼 획! 일시에 이진용을 바라봤다.

"어, 안녕."

"어제 수고했다."

그리고는 나오는 대답.

평소와 크게 다른 대답은 아니었다.

'뭐야?'

그러나 그 대답을 하는 선수들의 눈빛은 평소와 전혀 달랐다.

-애네들 눈빛이 왜 이래?

무언가 긴장한 기색이 역력한 눈빛.

그리고 이진용에 대한 궁금증이 가득한 눈빛.

-구은서가 호랑이의 기운을 빌려주긴 한 모양인데?

분명했다.

구은서가 뭔가를 했고, 그녀가 한 것이 단숨에 선수단 전체에 영향을 미친 것이다.

이진용이 나름 원하던 것이었다.

'이거 너무 갑작스러운 거 아니야?'

하지만 이토록 빠르게 선수단이 자신에 대한 시선을 바꾸는 건 예상외의 일이었다.

-너도 이상하지? 어떻게 하루아침…… 아니, 반나절 만에 이렇게 분위기가 바뀌냐?

언제나 그렇듯 모든 일에는 절차가 있는 법.

이진용은 구은서가 자신에게 힘을 실어주기 위해 가장 먼저 코칭스태프에게 언질을 해주리라 생각했다.

이진용을 중심으로 팀을 이끌어가라.

이진용의 의견을 무시하지 말고 받아들여라.

이런 식의 언질.

그러면 코칭스태프는 자연스럽게 고참, 베테랑 선수들에게 그 이야기를 전달할 것이다.

파문이 일어나듯, 점차 번지는 것.

그것이 이진용이 예상하는 그림이었고, 정상적인 그림이었다.

'뭔가 내가 예상했던 것과는 다르게 일이 진행됐어.'

달리 말하면 지금 상황이 정상적으로 흘러가지 않는다는 의미!

"아, 이진용 선수!"

그때 누군가가 이진용을 불렀다.

엔젤스 운영팀의 직원이었다.

그 직원은 곧바로 이진용에게 다가와 말했다.

"준비해 뒀습니다."

"준비요?"

"예."

그 말에 이진용과 김진호가 고개를 갸웃했다.

-케이크라도 준비했다는 건가? 네 기록 축하한다는 의미에서? 그런데 보통 그런 건 서프라이즈로 하지 않나?

그때 김진호가 무언가를 떠올린 듯 말했다.

-혹시 이천행 택시 준비해 뒀다는 거 아닐까? 자신한테 감히 돌직구를 던진 네가 괘씸해서 구은서가 널 이천으로 귀향 보내려고? 오, 그래! 그거인 모양이다! 하긴, 고금부터 간언한 인간 치고 명줄 긴 인간이 없었지. 내가 이런 날이 올 줄 알았어. 못생긴 돌이 정 맞는다고, 이럴 줄 알았어!

'무슨 말도 안 되는⋯⋯.'

이진용은 마음속으로 그런 김진호의 말을 격렬히 부정했지만, 한편으로는 그럴 수도 있다고 생각했다.

'설마 진짜인가?'

만약 구은서가 이진용의 돌직구에 앙심을 품고 그를 2군으로 강제로 보냈다면 지금 선수단이 이런 반응을 나올 만했으니까.

그리고 솔직히 그럴 가능성이 없진 않았다.

상대는 재벌가 손녀 아닌가?

일반인의 개념과는 전혀 다른 개념을 가진 채 살아온 여인일 터.

"자, 여기."

그때 운영팀 직원이 이진용의 손바닥 위에 무언가를 올려줬다.

이진용과 김진호가 그것을 봤다.

"헉."

-헉.

그 순간 그 둘은 굳을 수밖에 없었다.

벤츠 AMG G65 에디션463.

일명 G바겐.

출시가 3억 7천 8백만 원.

소위 슈퍼카로 분류되는 페라리나, 람보르기니, 맥라렌의 스포츠카만큼 비싼 SUV.

그 비싼 만큼 강렬하기 그지없는 아우라를 가진 자동차.

지금 그 각진 대형 맹수가 이진용의 눈앞에 검은색 위엄을 드러낸 채 서 있었다.

"어."

-어.

그리고 지금 이진용의 손에는 그 맹수를 마음껏 다룰 수 있는 열쇠가 들려 있었다.

그때 이진용이 열림 버튼을 눌렀다.

삑!

차의 램프가 번쩍이며 주인을 반겼다.

이진용이 다시 닫힘 버튼을 눌렀다.

삑!

그러자 램프가 다시 번쩍이며 주인을 향해 잘 가세요, 인사를 날렸다.

삑!

이진용이 다시 열림을 눌렀다.

그러자 이번에도 G바겐은 조금의 귀찮은 기색도 없이 주인을 반겼다.

그 모습을 본 이진용이 입을 열었다.

"뭐지? 몰카인가?"

반면 김진호는 그대로 자동차 안으로 몸을 집어넣었다.

그렇게 몸을 집어넣은 김진호가 자동차 안에서 빠끔히 머리만 내민 후에 말했다.

-구은서 차 맞아. 내부 청소는 했는데 가죽 주름이나, 주행 거리가 그때 본 거랑 비슷해.

그 말에 이진용은 멍하니 자동차만 바라봤다.

'아.'

그 순간 이진용의 머릿속에 그날의 대화가 떠올랐다.

'그러고 보니 분명 그 자리에서 신기록 세우면 차를 준다고 했긴 했는데……'

홍보팀장과 구은서, 그 둘이 이진용에게 당근을 제시하던 날.

그 자리에서 홍보팀장은 이진용이 기록을 세우면 법인 차량을 마음껏 탈 수 있게 배려해 주겠다고 했다.

그런 관점에서 보면 기록을 세운 이진용에게 차량이 지급되는 건 이상한 일이 아니었다.

'미친 거 아니야?'

구은서, 그녀의 자가용이라는 게 문제일 뿐.

당연한 말이지만 구은서가 G바겐을 탄다는 사실은 엔젤스의 모든 이들이 아는 사실이었다.

애초에 보기 드문 차량이기도 했다.

한국프로야구 선수들 중에서 FA로 대박을 친 선수들조차도 쉽게 끌지 못하는 차.

그게 이유였다.

'이러니 다들 그런 눈으로 날 볼 수밖에 없지.'

선수들이 모두가 이진용을 그런 눈으로 보는 이유.

-진용아, 진짜 제대로 된 지원이긴 하네. 구은서가 아주 작정하고 밀어주는데?

어쨌거나 구은서가 이진용이 던진 공을 제대로 되돌려 줬다. 아주 놀라울 정도로 끝장난 공을.

-그래서 어떻게 할래? 반납할래?

이제는 다시 이진용이 공을 던질 차례.

"김진호 선수라면 여기서 반납할 겁니까?"

-내가 미쳤나?

"저도 안 미쳤어요."

당연한 말이지만 이진용은 구은서와 시작된 캐치볼을 마다할 생각이 없었다.

"자, 그럼 호랑이가 등에 업혔으니, 깽판 한 번 쳐봅시다."

옛말에 발 없는 말이 천 리를 간다는 말이 있다.

"이진용한테 구 팀장이 자기 차 타라고 줬다면서?"

"4억이 넘는 차를 그냥 타라고 주다니…… 그거 한정판이라서 사고 싶다고 살 수 있는 것도 아니잖아?"

"구 팀장이 꽤 아끼던 건데……."

"아니, 솔직히 이진용이 최근 한 거 보면 차량 지원이야 이상할 건 없는데 구 팀장이 왜 본인 차를 준 걸까? 막말로 구 팀장이라면 새 차를 뽑아주고도 남을 텐데?"

그런 발 없는 말이 엔젤스란 팀을 지나가는 데에는 반나절 조차 필요하지 않았다.

"혹시 둘이 사귀나?"

"에이, 말도 안 되는 소리! 구 팀장이 대체 뭐가 아쉬워서 이 진용하고 사귀냐?"

"남녀 사이 모르는 거지. 막말로 예전부터 알고 지내는 사이 였을 수도 있잖아?"

"에이, 그래도 신분이 다른데 그럴 가능성은 없지. 하지만 구 팀장이 이진용을 아낀다는 건 분명하네. 그것도 엄청나게. 아니, 이쯤 되면 아끼는 정도가 아니라 이진용을 제대로 밀어 주겠다는 거겠지."

그렇게 발 없는 말이 엔젤스를 지나가는 순간 이진용은 더 이상 그냥 잘하는 선수로 남을 수가 없었다.

"이진용이 그럼 이제 실세 중의 실세가 된 건가?"

"이제부터 이진용 눈치를 봐야 하는 거 아니야? 이진용 뒤에 구 팀장이 빽으로 버티는 셈이니까. 막말로 지금 구 팀장이 구 단 단장이나 마찬가지잖아?"

"어? 이진용 인터뷰 기사 올라왔다."

"뭐라고?"

"그게……."

그런 엔젤스 선수단에게 이진용이 인터뷰는 이렇게 들렸다.

"다음 선발 등판은 데빌스와의 주중 3연전입니다. 이번에도 완봉승을 노리시겠죠?"

"솔직히 말해서 전 딱히 완봉승을 하고 싶진 않습니다."

"예?"

"제가 바라는 건 우리 팀 타자들이 7회까지 3점 정도 내고, 그럼 제가 7회까지만 무실점으로 막은 후에 셋업맨과 마무리 투수가 8회와 9회를 막아주는 겁니다."

"그, 그렇습니까?"

"혹여 완봉승을 거두더라도 9회까지만 했으면 싶네요. 11이 닝 완봉승이란 게 한 번은 몰라도 두 번 할 짓은 아니잖아요?"

난 10회에 나올 생각이 없다.

"물론 개인적인 바람입니다. 작은 소망이랄까? 어쨌거나 승리투수가 됐으니까요. 우리 팀 타자들에게는 언제나 감사할 따름입니다. 언제나. 매 경기마다 고맙죠. 이런 팀의 일원이 되게 해준 프런트 분들께도 정말 감사합니다."

그런데 타자들이 점수를 못 내서 또 10회에 나온다면.

"특히 저 영입하러 직접 와주신 운영팀장님께 정말 진심으로 감사할 따름입니다."

그때는 내 뒤에 있는 호랑이가 가만있지 않을 거다.

"그럼 다음 경기도 잘 부탁합니다."

잠실구장 근처 주차장.

끼익, 끼익!

제법 비싼 차들이 줄지어 늘어선 그곳에서도 유난히 비싸 보이는 듯한 검은색 묵직한 SUV 한 대가 주차선 주변을 낑낑 거리고 있었다.

-오라이, 오라이!

그리고 그 SUV의 주변을 귀신 한 명이 얼씬거리고 있었다.

-스탑!

이윽고 귀신이 스탑을 외치는 순간 자동차는 소리를 멈췄고, 덜컥! 운전석 문이 열렸다.

그러자 우악스러운 차에 비해 작은 체격의 사내가 등장했다.

"으으……."

그런 사내의 얼굴은 하얗게 질려 있었다.

4억 원이 넘으며, 한정판이라서 중고가는 그보다 더 값비싼 자동차의 주인답지 않은 얼굴색이었다.

-어떻게 된 게 주차를 하는데 한세월이냐? 응? 여기 오는데 30분, 주차장에서 주차하는데 30분, 이게 말이 되냐?

그런 이진용을 바라보며 김진호가 혀를 찼다.

"젠장, 긁히면 좆되는데 어떻게 하라고요!"

그런 김진호를 향해 이진용이 진심을 담은 분노를 내지르며, 자신의 옆에 있는 G바겐을 바라봤다.

"에이, 진짜!"

G바겐을 바라보는 이진용의 눈빛은 마치 원수를 보는 듯한 눈빛과 비슷했다.

'겁나서 못 몰겠네, 겁나서!'

이진용이 구은서로부터 아주 제대로 된 지원을 받은 지 5일째.

현재 이진용에게 그 지원은 짐이 되어 있었다.

말 그대로였다.

'그냥 국산차나 한 대 받았으면 속 편하게 끌고 다니겠는데 이건…….'

처음에는 좋았다.

이런 값비싼 자동차를 공짜로 탈 수 있는 날이 쉽게 오는 것도 아닐뿐더러, 이 자동차는 곧 이진용이 프런트의 전폭적인 지원을 받는다는 명명백백한 증거였으니까.

하지만 차량에 탑승하는 순간, 시동을 걸고 운전대를 잡고 액셀을 밟는 순간 이진용은 깨달았다.

'사고 나면 진짜 좆된다.'

이 차에 있는 가죽 값이 이진용의 몸값보다 비싸다는 사실을.

하물며 이진용이 받은 건 차가 아니라, 차량 지원이었다. 이진용은 이 차를 잘 탄 후에 돌려줄 의무가 있었다.

그때부터 이진용의 쫄보 운전이 시작됐다.

-아니, 고작해야 4억밖에 안 하는 차 타면서 뭘 그렇게 벌벌 떨어? 원래 차는 기스도 나고, 고장도 나고 그러는 거야! 응? 그러다가 사고 나면 까짓것 연봉에서 까면 되잖아? 응?

그리고 그런 이진용의 모습에 당연히 김진호는 오랜만에 물어뜯을 곳이 넘쳐난 갈비처럼 이진용을 열심히 맛있게 물어뜯었다.

"예예, 애플 주식으로 수천억 대 재벌이 될 뻔하셨던 분에게 이 정도 차는 장난감이겠죠. 아무렴요!"

물론 이진용이 그런 김진호의 입을 다물게 하는 데는 그다지 많은 말이 필요하지 않았다.

-에이, 진짜 잊을 만하니까 그걸 또…….

그렇게 애플 주식을 떠올리며 입을 꾹 다문 김진호를 뒤로한 채 이진용이 고개를 돌렸다.

거대하기 그지없는 잠실구장이 이진용의 눈동자에 비치자, 이진용의 눈빛이 달라졌다.

'결전의 날이군.'

이진용은 구은서를 등에 업는 순간 곧바로 행동에 나섰다.

인터뷰를 통해 선수단에게 분명하게 말했다.

자신이 출전하는 다음 경기에서 어떤 식으로든 7회 이전에 점수를 뽑으라고.

그건 분명한 경고였다.

타자들 그리고 선수들에게 어떻게든 승리를 만들기 위해 전력을 다하라는 경고.

동시에 그건 이진용, 자신을 향한 경고이기도 했다.

'내가 실점을 하면 모든 노력이 물거품이 된다.'

만약 오늘 경기에서 이진용이 실점을 한다면, 타자들의 득점 지원 속에서도 결국 이진용의 실점으로 승리하지 못한다면 이진용이 준비한 것이 물거품이 될 테니까.

전력을 다해라!

선수단에게 그런 경고를 날림으로써 이진용 역시 본인 스스로를 절벽에 몰아넣었다.

이진용에게 오늘 경기는 여느 때보다 중요할 수밖에 없었다.

그게 이진용이 각오 어린 표정을 짓는 이유였다.

그런 그의 표정에 김진호가 다가와 말았다.

-진용아, 똥 마렵냐?

"에이, 진짜."

-아, 미안. 영웅본색 표정이구나. 다음에는 맞출게.

"됐습니다!"

말과 함께 잠실구장으로 떠나는 이진용, 그런 이진용을 따라가던 김진호가 대략 50여 미터를 걸어갈 무렵에 말했다.

-진용아, 너 문 안 잠갔다.

"예?"

-차 문 안 잠갔다고.

그 말에 이진용이 정말로 자신이 문을 안 잠갔다는 걸 떠올리며 김진호에게 말했다.

"그걸 왜 지금 말해주세요?"

그 질문에 김진호가 씨익, 미소만 지었다.

이진용 결정의 날이 그렇게 시작됐다.

한국프로야구의 페넌트레이스는 3월 말에 시작되어 9월에 끝난다.

여기서 중요하지 않은 달은 없다.

매달, 매달 그리고 하루하루가 중요하다.

그래도 좀 더 중요한 달을 고르라고 한다면, 감독들 중 적지 않은 이들은 분명하게 그달을 고를 것이다.

"6월도 이제 중순에 접어들었으니, 이제부터 7월 올스타전까지 지옥이 시작되겠군."

6월.

이 6월을 고르는 이유는 다음과 같다.

4월 한 달 동안 본격적인 시즌을 치르면서 각 구단들은 자신들의 문제점과 부족한 점을 찾아낸다.

이후 5월 한 달 동안 그 부분을 채우고자 노력하며 전력을 재정비한다.

그럼 자연스레 6월에 재정비된 전력들이 다시 격렬한 전쟁을 시작하는 것이다.

하물며 7월에 치러지는 올스타전을 시작으로 한국프로야구는 전반기가 끝나고 일주일 동안 휴식기를 가진다.

그 휴식을 앞두고 풀 악셀을 밟는 건 당연한 일.

"그렇죠. 전반기의 순위가 정해지면 그때부터는 그 순위를 두고 한 단계 싸움을 하니까요."

더 나아가 그렇게 전반기의 끝과 함께 순위가 정해지면, 그때부터는 한 단계 싸움이 시작된다.

막말로 전반기가 끝나고 6위 팀이 1위나, 2위 자리를 노리는 건 거의 불가능하다.

2002년, 오클랜드 애슬레틱스가 만들어내고 빌리 빈의 머니볼 신화의 정점이기도 했던 20연승 같은 기록을 하지 않는 이상은.

결과적으로 6위 팀의 경우에는 5위를 노리는 게 최우선 과제가 되고, 실제로도 그렇다.

선두권은 선두권끼리, 중위권은 중위권끼리, 중하위권은 중하위권끼리 치고받는 체급전이 시작되는 것이다.

그런 상황에서 전반기 동안 어떻게든 한 단계라도 높은 순위를 노리는 건 당연지사.

아니, 그 전에 다른 모든 구단들이 상위권을 노리고 전력으로 질주하는데 자기 혼자만 가볍게 뛰면 결국 뒤처질 수밖에 없다.

프로의 무대는 그냥 잘하는 게 아니라, 옆에 있는 놈보다 잘해야 하는 곳이니까.

그런 의미에서 6월 13일 화요일부터 잠실에서 시작되는 엔젤스 대 데블스의 라이벌전은 여느 때보다 중요한 매치였다.

"그런 의미에서 이전 주중 잠실벌 천당지옥 매치는 끝장전이네요."

현재 두 팀은 각각 리그 6위와 4위를 하는 중이었고, 만약 한쪽이 시리즈 스윕을 한다면 그 이상의 결과물을 얻을 수 있으니까.

"하지만 아무리 그렇다고 해도 저번 목요일에 11이닝 던진 이진용을 첫 경기에 내보내는 건 좀 그렇지 않나요?"

때문에 엔젤스는 이 중요한 매치업의 선봉으로 에이스를 내보냈다.

"정상적으로 4일 휴식을 취했다고는 하지만 그래도 11이닝을 던졌는데⋯⋯."

11이닝 완봉승 이후 4일 휴식을 마친 이진용이 출전하게 된 것이다.

무모한 출전은 아니었다.

어쨌거나 선발투수들은 4일 휴식을 기반으로 로테이션을 소화하니까.

선발 로테이션상으로도 문제는 없었다.

5선발 로테이션을 돌릴 경우 데블스와의 3연전 첫 경기는 5선발이 나올 차례이지만, 지금 엔젤스는 확실한 5선발이 없는 상황이었다.

그런 상황에서 5선발을 건너뛰고 곧바로 1선발 에이스 투수를 내보내는 게 좀 더 이득인 상황.

그리고 여느 때보다 그 이득이 필요한 때이기도 했다.

"이진용이 이 제안을 용케 받아들였네요. 나 같으면 그냥 배 깔고 드러누웠을 텐데. 그렇잖아요? 더 던진다고 연봉을 엄청나게 받는 것도 아니고."

하지만 무리하는 건 분명한 사실.

그 점을 거듭 꼬집는 후배 기자의 말에 황선우는 별다른 말을 하지 않았다.

알고 있었으니까.

'등판을 자처한 건 이진용이다.'

지금 엔젤스에서 일어나는 몇 가지 사건들을.

'확실하게 서열 정리를 하겠다, 이거지.'

이진용이 구은서의 자가용을 지원받고, 이후 선수단을 향해서 제대로 야구를 하라는 경고를 한 사건.

그리고 그런 이진용이 직접 코칭스태프를 찾아서 본래는 수요일이었던 자신의 등판 일정을 화요일로 앞당겨 달라고 요청한 사건까지.

'서열 정리를 끝내고, 그때부터는 이 팀을 끌고 가겠다는 의미. 노리는 바는…… 굳이 여기서 이런 짓을 하면서 노리는 건 하나밖에 없지.'

더 나아가 황선우 기자는 그런 이진용이 노리는 바가 무엇인지도 알고 있었다.

'이진용은 엔젤스를 우승시킬 속셈이다.'

우승.

'그게 아니라면 구은서가 이진용에게 그런 말도 안 되는 힘을 실어줄 리가 없지.'

이진용이 노리는 바였고, 그것이 구은서가 이진용에게 막강한 힘을 실어준 이유였다.

'내가 보기에 엔젤스는 이진용이 그냥 잘 던지는 것만으로는 절대 우승할 수 없는 팀이야.'

황선우가 지금 이곳, 잠실구장에 온 이유이기도 했다.

'그런데 그 팀을 우승시킨다면…… 이제까지 어디서도 본 적 없던 것을 보여주겠다는 의미이지.'

그리고 경기를 앞두고 잠실구장의 마운드를 바라보는 황선우가 미소를 짓는 이유이기도 했다.

그의 감이 이번에도 말해줬으니까.

'오늘 뭔가 굉장한 게 일어날 것 같군.'

이곳에서 또 한 번 이진용이 세상을 놀라게 할 무언가를 보여줄 것이라고.

'그런데 이제까지 보여준 것보다 더 놀라운 건…… 아무리 생각해도 그것밖에 없는데.'

오후 6시 10분.

관중석은 관중으로, 기자석에는 기자들로, 더그아웃 벤치는 선수와 코치들로 채워지기 시작할 무렵.

라커룸에서 홀로 남아 오늘 경기를 위해 준비한 것을 복기하던 이진용이 더그아웃에 모습을 드러낸 건 그 무렵이었다.

'왔군.'

그런 이진용의 등장에 더그아웃에 있는 모든 이들이 이진용의 존재를 의식했다.

물론 모두가 좋은 마음을 품고 이진용을 의식하는 건 아니었다.

'올해가 첫 프로인 놈이 아주 당돌해.'

'어디 한 번 해보자 이거지?'

오히려 반대로 적지 않은 엔젤스 선수들은 이진용의 행보에 대해서 불만을 품고 있었다.

이상한 건 아니었다.

어쨌거나 이진용이 한 건 공격이니까.

야구 똑바로 합시다, 예?

올해 프로 입단 1년 차, 그 전까지는 경력이라고 할 만한 것조차 없는 애송이 놈이 초등학교나 중학교 때부터 야구를 시작해 이제는 초등학생, 중학생 자녀를 둔 이들에게 그리 공격했다.

그게 진실이라고 해도 공격이라는 건 달라지지 않는다.

그런 공격을 받았는데 진심에서 우러나오는 자기 반성과 자기 성찰을 하는 경우는 흔치 않다.

그런 게 가능한 자들을 성인(聖人)이라 부르는 이유다.

엔젤스 선수단에 그런 성인은 없었다.

그렇기에 지금 엔젤스 선수들 대부분은 반성이나, 자기 성찰을 할 생각이 없었다.

'오냐, 어떻게든 점수 뽑아준다.'

'공에 몸을 갖다 대는 한이 있더라도 출루해 주마.'

'우리가 점수 냈는데, 네가 실점해서 게임을 지면…… 그렇게 되면 두고 보자.'

대신 이제는 그 공격을 당하지 않기 위한 방법을 전력으로 강구할 뿐.

그런 분위기 속에서 게임이 시작됐다.

타자와 투수는 많은 부분이 다르다.

타자는 배트를 들고 투수는 공을 던진다.

타자는 타석에 서고, 투수는 마운드에 선다.

투수는 이닝을 소화하고, 타자는 타석을 소화한다.

아이러니한 건 투수를 가장 잘 아는 건 타자들임과 동시에 타자들을 가장 잘 아는 건 투수들인 경우가 많다는 것이다.

말 그대로다.

타자들은 투수들보다 투수들에 대해 잘 안다. 투수들은 서로가 마운드 위에서 어떤 버릇을 가지고 있는지 모르지만, 타자들은 그 투수가 마운드에서 로진백을 만지는 것조차 의미를 두고, 기억해 둔다.

투수 역시 마찬가지다. 투수들은 타자가 타석에서 하는 행동을 보고 그 타자의 심리마저 꿰뚫어 보고는 한다.

하물며 일류, 그 이상의 경지에 도달한 투수나 타자들은 귀신이나 마찬가지로 봐야 한다.

타자가 타석에 서는 순간, 배트를 휘두르는 순간 그 타자가 무엇을 노리고, 그것을 노리기 위해 무엇을 준비해 왔는지 그 타자조차 모르는 걸 꿰뚫어 보는 귀신!

때문에 1이닝이면 충분했다.

-진용아, 아무래도 타자들이 구은서가 무섭긴 무서운 모양이다.

1회 초.

엔젤스 타자들이 타석에서 보여준 모습을 통해 그들이 어떤 각오를 품었는지 가늠하는 데에는.

-아주 그냥 어떻게든 점수를 내려고 이를 꽉 문 게 보이네, 보여.

오늘 엔젤스 타자들은 여느 때보다 득점에 대한 강한 집착을 보여주고 있었다.

어떻게든 데블스의 선발로 나온 외국인 투수 저스틴 버틀러를 상대로 공을 하나라도 더 던지게, 2사 상황에서도 어떻게든 출루를 해서 득점 기회를 만들고자 하는 모습을 보여줬다.

-뭐, 그것만으로는 버틀러를 상대로 점수 내기가 쉽지는 않겠지만.

물론 점수는 없었다.

-쟤도 보통이 아니니까. 내가 보기엔 메이저리그에서도 충분히 선발로 뛸만한 녀석이거든.

오늘 선발로 나온 저스틴 버틀러는 데블스에서 2017시즌을 포함해 5시즌을 뛰며 통산 65승을 거둔 투수였다.

어지간한 한국 베테랑 투수보다 한국프로야구를 잘 알고, 매 시즌 10승 이상을 거두는 리그를 대표하는 에이스급 투수라는 의미!

-특히 엔젤스 상대로는 장난 아니더라. 거둔 65승 중에 엔젤스 상대로 거둔 승리가 11승이나 돼.

더 나아가 저스틴 버틀러는 엔젤스에게 아주 강한 투수이기도 했다.

엔젤스 상대로 통산 성적이 11승 1패, 방어율 1.66!

때문에 붙여진 별명 중 하나가 바로 사탄!

천사들이 고작 각오 하나 달라진 것으로 잡을 수 있는 존재가 결코 아니었다.

-야, 웃음이 나오냐?

"나오죠."

그게 이제 글러브와 모자를 챙기고 마운드에 올라온 이진용이 옅게 웃고 있는 이유였다.

"그런 사탄 같은 버틀러를 상대로 어떻게든 점수를 내려고 이를 악물었다는 거잖아요?"

-뭐, 그렇게 볼 수도 있겠지.

누가 봐도 힘든 상대.

점수를 내는 것보다는 포기하고 싶어지는 상대.

그런 상대 앞에서도 점수를 내기 위해 1회부터 이빨을 드러내는 타자들과 함께 야구를 하는 건 이진용에게 있어서 프로가 되고 처음 있는 일이었으니까.

그 여느 때보다 동료들이 믿음직스러웠으니까.

그 모습을 본 김진호가 피식 웃었다.

그리고 그 웃음 사이로 나지막이 말했다.

-오늘 경기는 완벽한 경기가 될 지도 모르겠군.

하지만 그런 김진호의 목소리는 이진용에게 들리지 않았다.

[에이스 효과가 발동합니다.]

[에이스 효과에 의해 슬라이더의 랭크가 A랭크로 상승합니다.]

[에이스 효과에 의해 구속이 2킬로미터 상승했습니다.]

[에이스 효과에 의해 체력이 상승했습니다.]

[에이스 효과에 의해 포인트 획득량이 20퍼센트 증가합니다.]

"플레이볼!"

베이스볼 매니저의 알림 소리와 주심의 외침.

호우우우!

그리고 그라운드로 흘러 내려오기 시작한 엔젤스 팬들의 함성 소리가 너무나도 거대했기에.

더불어 굳이 김진호가 말할 필요도 없었다.

'오늘 여느 때보다 자신이 없다.'

이미 이진용 역시 느끼고 있었으니까.

'질 자신이.'

오늘의 자신은 이제까지 보여준 여느 때보다 끝내주리란 것을!

◆ 5화 ◆
펙트 폭행!

높이 오를수록 바람은 거세지고, 높이 쌓을수록 무너질 가능성은 커지는 법.

야구 역시 그러했다.

기록이 이어질수록, 높아질수록, 길어질수록 그 기록에 대한 부담감과 압박감은 눈덩이가 불어나듯 커진다.

예는 얼마든지 있다.

완봉승을 거둔 투수에게 가장 힘든 이닝은 두말할 것도 없이 9회인 것처럼, 싸이클링 히트까지 단타를 앞둔 타자에게 가장 힘든 게 그 단타인 것처럼.

-엔젤스의 선발투수 이진용 선수! 51이닝 무실점! 한국프로야구 역사의 신기록을 세우고 있는 그가 더 높은 기록을 세우

기 위해 드디어 잠실구장의 마운드 위에 올랐습니다!

 하물며 51이닝 무실점 피칭을 기록한 투수에게 있어 소화해야 할 1이닝은 다른 투수들의 1이닝과 같을 리 없었다.

 -51이닝 무실점, 정말 대단한 기록 아닙니까?
 -대단한 정도가 아니라, 그야말로 하늘이 내려준 기록이라고 해도 과언이 아니지요.
 -그렇다면 오늘 이진용 선수가 이 신기록을 더 이어갈 수 있을 것 같습니까, 아니면 오늘 이곳에서 이진용 선수의 기록이 멈출 것 같다고 생각하십니까?
 -언제 그 기록이 깨져도 이상할 건 없지요. 모두가 그렇게 생각하고 있을 겁니다. 데블스 선수들은 물론 이진용 선수 본인조차도 말이지요.

 51이닝에서 1이닝을 더 던지는 건, 이미 정상에 도달한 자가 새로운 흙을 가져와 정상을 높게 만드는 작업을 하는 것과 비슷했다.

 -애초에 지금 이진용 선수는 1회에 올라왔다고 생각하지 않을 겁니다. 52이닝째를 던진다고 생각할 겁니다.
 -52이닝째 피칭을 한다, 상상조차 되지 않는군요.
 -그렇지요.

그 정도였다.

마운드에 올라선 이진용이 짊어지고 있는 것들의 무게는.

더욱이 이진용이 품고 있는 불안 요소는 그것 하나가 아니었다.

-오늘 이진용 실점할 것 같은데?

└네, 다음 데블스 팬.

-아니, 솔직히 상황이 그렇잖아? 이미 이진용이 가진 무기는 전부 공개된 상황이라고.

└네, 다음 데블스 팬.

-솔직히 51이닝 피칭이면 분석 자료로는 충분하지! 다른 곳도 아니고 프로인데! 이미 모든 구단이 이진용에 대한 분석을 끝냈을 거다.

└네, 다음 데블스 팬.

-에이, 진짜! 사람이 논리적으로 말하면 논리적으로 대응해! 유치하게 그러지 말고!

└네, 다음 데블스 팬.

51이닝 무실점 피칭.

그것은 달리 말하면 이진용이 세상에 자신의 피칭을 51이닝이나 보여줬다는 의미였다.

1이닝에 소모한 평균 투구수를 12개만 잡아도, 600번이 넘는 투구를 한 셈.

그 정도라면 그 투수를 분석하는 데에는 부족하다 못해 차고 넘치는 수준이었다.

하물며 이진용의 51이닝은 그냥 51이닝이 아니었다.

하나하나가 별처럼 빛나는 이닝이었고, 그렇기에 뇌리에 보다 깊게 각인될 수밖에 없었다.

"이진용의 구질, 구종, 구속, 피칭 스타일. 전부 파악은 끝났지. 그러니까 이진용이 왼손으로 던지지 않는 이상, 그가 던지는 공은 전부 공략법이 있어. 그가 마구를 던지는 것도 아니잖아? 단지 뭘 던질지 모른다는 게 문제일 뿐이지만……."

"뭘 던질지 예측하는 순간 언제든 담장을 넘어가도 이상할 건 없다는 의미다?"

"그렇지."

결정적으로 이진용에게 더 이상 새로운 무언가는 없었다.

지피지기 백전불태.

이진용을 상대하는 데블스 타자들은 이진용이 가진 무기에 대해 모든 것을 파악하고 타석에 서는 상황이었다.

더 이상 새로운 무언가를 꺼내는 것으로 이익을 취하는 건 사실상 불가능하다는 의미.

"확실해. 오늘 이진용이 실점할 가능성이 커."

"그래?"

때문에 오늘 6월 13일이 이진용에게 있어서 자신의 프로 데뷔 첫 실점의 날이 되리란 건 충분히 합리적이고, 논리적이고, 상식적인 판단의 결과물이었다.

"호!"

단지 그들은 한 가지를 고려하지 못했다.

"우!"

마운드 위에서 아웃카운트를 잡을 때마다.

"호!"

그럴 때마다 포효를 내지르는 이진용이란 투수에게 논리적이고, 상식적인 잣대가 통할 리 없다는 것.

"우!"

-이진용 선수가 3회 말도 완벽한 피칭을 이어가며 자신의 무실점 이닝을 54이닝으로 갱신합니다!

그렇게 이진용이 등장과 함께 너무나도 쉽게 데블스의 1번부터 9번까지, 아홉 명의 타자들을 완벽하게 해치웠다.

"그런 것치고 너무 잘 던지는데?"

"……저 또라이 새끼 대체 정체가 뭐야?"

[132포인트를 획득하셨습니다.]

[삼자범퇴에 성공하셨습니다. 보너스 포인트가 지급됩니다.]

3회 말 9번 타자를 상대로 아웃카운트를 잡는 순간 이진용은 곧바로 엔젤스 팬들이 있는 3루 쪽 관중석을 손가락으로 가리키며 소리쳤다.

"호!"

그러자 곧바로 엔젤스 팬들이 대답했다.

우!

그 대답에 이진용이 글러브를 낀 채 퍽퍽! 박수를 치며 마운드를 내려오기 시작했다.

"오늘 호우 소리 살아 있네!"

마운드를 내려오는 이진용의 발걸음은 가볍다 못해 날아갈 듯했다.

당연히 그 어디에도 압박감이나 부담감 따위는 보이지 않았다.

이윽고 더그아웃에 들어온 이진용은 곧바로 자신의 자리에 가 준비해 온 바나나 하나를 냠냠 먹기 시작했다.

이진용의 볼이 다람쥐처럼 부풀어 올랐다.

'응?'

그런 이진용의 눈에 자신을 말없이, 지그시 내려다보는 김진호의 모습이 보였다.

이진용이 뚱한 표정을 지었다.

'이 양반은 또 왜 이래? 내가 뭐 잘못했나?'

이진용의 그런 뚱한 표정을 통해 그의 속내를 읽은 김진호가 입을 열었다.

-아니, 뭐 네가 특별히 잘못한 건 아니야.

대답 대신 이진용은 꼭꼭 바나나를 씹었고, 김진호가 저 혼자 말을 이어갔다.

-그냥 너 같은 또라이는 처음이라서.

또라이.

그 말에 이진용이 표정을 좀 더 찌푸렸다.

-아니, 또라이라는 표현은 좀 그러네. 정정한다.

그때 김진호가 사과를 했다.

'김진호 선수가 이런 모습을? 지금 내가 헛것을 보는 건가? 아니, 원래 헛것이 맞긴 한데……'

이진용이 놀란 토끼처럼 두 눈을 크게 떴다.

-결함품, 그래 결함품이라는 단어 정도가 너한테 어울리겠다.

그러나 이어진 김진호의 말에 이진용이 재차 표정을 구겼다.

-진용아, 신이 인간을 만들 때 여러 가지를 옵션으로 때려 박아주셨거든? 그중에 말이야 부담감, 압박감이라는 게 있어요. 근데 아무리 봐도 넌 그게 없는 거 같다.

물론 김진호는 그런 이진용의 표정에 개의치 않고 주절주절 말을 이어갔다.

-그리고 간덩어리도 남들보다 큰 거 같고, 심장도 좀 뭔가 이상한 재질로 만들어진 거 같고. 자동차로 따지면 깜빡이도 없고, 엔진도 이상한 거 가져다 장착한 셈이지. 이게 결함품이 아니면 뭐야?

그 설명에 이진용은 더 이상 반응조차 하지 않았다.

씹던 바나나를 목구멍 너머로 넘긴 후에 준비된 이온음료로 수분을 보충했다.

그러면서 더그아웃의 풍경만을 말없이 바라봤다.

김진호가 그런 이진용을 따라 더그아웃을 살펴봤다.

4회 초 시작을 앞두고 버틀러를 상대로 점수를 내기 위해 정신을 집중하는 타자들이 보였다.

그들은 확실히 평소 때보다 훨씬 더 필사적이었다.

"일단 출루만 해. 홈플레이트에 바짝 붙어서 몸에 공이라도 맞자고."

"출루하면 무조건 팀 배팅이야. 괜히 타점 올리려고 발악하지 말고 진루부터 시켜. 1점이다, 1점만 내면 돼."

"뭔가 이상한 거 있으면 삼키지 말고 뱉어. 쿠세든 뭐든 뭔가 있으면 물고 늘어지게!"

"오늘 무조건 점수 내야 해. 이유는…… 무조건 내자고. 무조건!"

이진용에게 무시당하지 않기 위해서라도 어떻게든 점수를 내고자 서로 머리를 맞대고 협력 중이었다.

이제까지 보이지 않던 모습이었고, 무척 긍정적인 모습이었다.

그러나 희망적인 모습은 아니었다.

-진용아, 오늘 점수 나올 것 같냐?

그 사실을 이진용도 이미 인지하고 있었기에, 이진용은 김진호의 질문에 고개를 살짝 저었다.

-그래, 이게 현실이지. 머리 맞대고 으 으 해서 안 나오

던 점수가 나오면 이 세상에 배리 본즈 아닌 인간이 어디 있겠어? 아, 약쟁이는 제외해야지. 어쨌거나 버틀러의 피칭은 머리띠 두르고 응원가 몇 번 부른다고 공략되는 피칭이 아니야.

김진호의 말대로 버틀러의 피칭은 훌륭했다.

2미터의 장신, 그리고 긴 팔을 이용해서 하늘 위에서 내리꽂히는 140대 후반에서 150대 초반까지 나오는 패스트볼은 솔직히 치라고 던져줘도 치기 힘들 정도였으며, 그런 공을 타자의 스트라이크존 상하에 자유자재로 꽂아 넣는 컨트롤은 명품, 그 자체였다.

'볼 배합이나, 결정구 고르는 건 솔직히 흠잡을 게 없는 수준이었지.'

개중에서도 볼 배합이 무척 좋았다.

엔젤스 타자들의 특성을 파악하고, 그들의 약점만을 아주 집요하게 물고 늘어졌다.

그저 무식하게 구속과 구위, 구질로 윽박지르는 외국인 투수들과는 전혀 다른 피칭.

갑작스럽게 불타오르는 의욕과 근성, 각오로 어찌할 수 있는 투수가 아니었다.

그리고 그게 바로 데블스의 에이스였다.

'데블스의 에이스답구나.'

작년 2016시즌, 리그 MVP를 받으며 데블스를 한국시리즈 우승으로 이끌었던 에이스!

'진짜 에이스.'

이제까지 이진용이 한국프로야구에서 만난 투수 중 가장 높은 수준의 투수였다.

즉, 가장 큰 벽을 만난 셈이었다.

'어떻게 안 되려나?'

때문에 이진용은 이런 버틀러를 어찌할 방법을 도무지 자기 깜냥으로 찾을 수가 없었다.

-진용아, 여기서 방법이 하나 있긴 해.

그렇게 고민하던 이진용에게 김진호가 눈이 번쩍 뜨일 만한 제안을 걸었다.

물론 이진용은 혹하지 않았다.

이진용이 슬그머니 주변을 확인한 후에 아무도 자신을 보지 않는다는 사실에 스윽, 수건으로 입 주변을 닦듯이 가리며 말했다.

"또 노팬티 이야기하려는 거죠? 안 입어요. 아, 아니, 안 벗어요!"

-뭔 개소리야? 노팬티라니, 너 변태야?

그런 이진용의 반문에 김진호가 그를 변태 보듯이 바라보며 고개를 절레절레 흔들었다.

-내가 말하는 건 그런 변태적인 게 아니라, 펙트 폭력을 말하는 거다.

이어진 그 말에 이진용이 왼쪽 눈썹이 높게 올라갔다.

"팩트 폭력이요?"

-어.

"버틀러와 진실로 싸우자고요?"

이진용의 반문에 김진호가 고개를 저었다.

-아니, 그 팩트 말고.

"예?"

-퍼펙트.

에이스 대 에이스의 매치업은 언제나 적은 득점으로 승패가 나뉠 수밖에 없다.

리그 최정상급 투수들, 방어율이 2점대에 불과하고 매 경기 7이닝 이상을 소화하는 투수들이 붙었다는 건 상식적으로 7회까지 두 투수가 합쳐서 내주는 점수가 5점을 넘기 힘들다는 의미이니까.

당연히 에이스들은 그 사실에 익숙해진다.

자신과 비슷한 급의 에이스급 투수와 매치업을 할 때 득점 지원이 시원치 않으리란 것을.

물론 거기서 '그런 건 타자들 사정이고 내 알 바 없다!' 라고 생각하는 선수는 에이스 자리에 앉을 수 없다.

에이스란 자리는 호승심을 주체하지 못하는 수준을 넘어서 다른 누군가에게 진다는 것을 이해조차 못 하는 자들만이 앉을 수 있는 자리였으니까.

때문에 에이스 투수들은 득점 지원이 시원찮은 상황 속에서 어떻게든 승리를 가져오기 위해 가장 중요한 것을, 경기 분위기를 가지고 오기 위한 시도를 한다.

하지만 알다시피 에이스 투수가 직접 타석에 서서 점수를 내는 건 거의 불가능한 일.

-메이저리그에서 리그 최정상급 에이스 간의 매치업을 보다 보면 갑자기 자기 스타일대로 던지던 두 투수가 서로를 의식하면서 던지는 걸 볼 수 있어.

결국 에이스 투수들의 시도는 마운드 위에서 이루어진다.

-갑자기 탈삼진 레이스를 한다거나.

한 명이 세 타자 연속 삼진으로 이닝을 마무리하면, 다음 투수도 똑같이 세 타자 연속 삼진을 잡는 식으로.

-아니면 패스트볼만 던지면서 구속 경쟁을 한다거나.

강속구 투수들이라면 패스트볼만 던져서 이닝을 마무리하는 식으로.

-이대로 가면 둘 다 9회에 승패를 내지 못할 거 같으니까 오버워크를 하는 거야. 지치는 놈이 나가떨어지는 거지.

그런 식으로 일종의 치킨 레이스를 한다.

-너도 이미 한 번 경험해 봤을 거야.

그 비슷한 것을 이진용은 이미 한 번 경험해 본 적이 있었다.

"제가요?"

-레인저스전.

"아."

-노히트노런 기록 달성했을 때.

이진용의 레인저스전.

그가 노히트노런을 기록한 그 기념비적인 경기에서 이진용은 경기 중반까지 자신의 피칭에 만족하지 못했었다.

"한강훈……."

-그래, 너보다 잘생기고 키도 크고, 공도 빠른 그 멋쟁이.

"생긴 건 제가 더 낫죠."

-진용아, 구라 많이 치면 지옥 간다?

"구라가 아니라……."

-어쨌거나 그때 걔가 8회까지 퍼펙트게임 페이스를 가져갔을 때 기분 어땠어?

노히트노런 페이스에 만족은커녕 오히려 8회까지 이진용은 불안감과 초조함을 품고 있었다.

"좆같았죠."

당시 이진용의 상대 투수였던 레인저스 소속 한강훈의 퍼펙트게임 페이스 피칭 때문이었다.

"왜 하필 나랑 붙을 때 그러냐고 푸념했죠."

당연했다.

자신이 선발로 등판해서 무실점 피칭을 이어가는데, 박수는커녕 주목조차 받지 못하는 상황을 담담히, 무덤덤하게 받아들일 수 있는 투수가 있을 리 없으니까.

심지어 그 경기를 보던 이들 중 상당수는 한강훈의 퍼펙트게임 페이스에만 주목하는 바람에 이진용이 노히트노런 페이스 중이라는 것조차 제대로 인지하지 못하고 있었다.

이진용이 아닌 다른 투수였다면 충분히 흔들리고, 흔들리다 실점을 했을 수 있는 상황이었다.

-반대로 보면 한강훈이 퍼펙트게임에 실패한 건 진용이, 네가 노히트노런 페이스를 유지한 탓이야.

달리 보면 한강훈 역시 이진용과 마찬가지였다.

자신의 퍼펙트게임 페이스에도 무너지기는커녕 따라오는 이진용의 피칭에 대한 부담감을 느낄 수밖에 없었다.

-개 입장에서도 네가 좆같았을 거야. 공도 느리고, 키도 작고, 못 생기고 마운드 위에서 호우호우 거리는 호우로 새끼 때문에 9회에 퍼펙트게임을 완성하고도 연장전을 가야 할지도 몰랐으니까.

만약 그대로 게임이 계속됐다면 한강훈이 9회에 퍼펙트게임을 기록해도 스코어는 0 대 0, 경기는 자연스레 연장전인 10회까지 갔을 테니까.

9회까지 퍼펙트게임을 했는데 10회에 안타를 맞아서 퍼펙트게임이 깨질지도 모르는 상황.

-어쨌거나 에이스끼리 싸우는 건 그런 거야. 팀의 승리 그리고 내 승리를 위해서 할 수 있는 모든 걸 하는 것. 그걸 못한다면 에이스 자격이 없는 거지.

김진호는 그 말을 끝으로 이진용을 지그시 바라봤다.

그 시선에 이진용은 잠시 두 눈을 감았다.

두 눈을 감은 채 나지막이 말했다.

"그러니까 정리하면 저보고 퍼펙트게임을 달성하라 이거죠?"

-너, 미쳤냐?

그 말에 김진호가 어처구니가 없다는 눈빛으로 이진용을 바라봤다.

-퍼펙트게임이 동네 PC방에서 스타크래프트 컴퓨터 상대로 7 대 1 이기는 거랑 같은 줄 아냐? 한국프로야구에는 단 한 번도 없는 기록이야. 메이저리그에도 얼마 없는 기록!

"아니, 김진호 선수가 저보고 펙트 폭행을 하라면서요?"

-그런 마음가짐으로 피칭을 하라는 거지! 넌 개처럼 벌어서 정승 같이 쓰라고 하면 진짜 개처럼 벌 거냐? 네 발로 마운드에 올라가서 공 던질 거야?

그 말에 이진용은 감았던 눈을 떴다.

"그럼 어떻게 해야 합니까?"

-시비부터 걸어야지.

시비.

그 단어에 이진용이 고개를 들어 그라운드를 바라봤다.

"스트라이크 아웃!"

그 순간 4회 초 마지막 아웃카운트가 잡히는 소리가 들렸다.

엔젤스 관중석과 더그아웃에서는 탄식이, 데블스의 관중석과 더그아웃에서는 우레와 같은 함성이 터졌다.

그 소리 속에서 이진용이 자리에서 일어났다.

그런 이진용의 입에서 긴 한숨과 함께 푸념이 흘러나왔다.

"아, 나 성격이 순해서 시비 같은 거 잘 못 거는데……"

그 푸념에 김진호가 어이가 없는 표정을 지은 채 말했다.

-너 지금 나한테 시비 거는 거냐?

4회 말, 자그마한 투수가 글러브로 입을 가린 채 마운드에 오르는 순간 1루 관중석에 있던 누군가가 말했다.

"저 악마 같은 새끼."

데블스의 유니폼을 입은 데블스의 팬의 입에서 나오기에는 퍽 아이러니한 표현.

그러나 그 표현에 데블스 팬들 중 그 어느 누구도 반문을 뱉거나, 태클을 걸지 못했다.

이진용을 바라보는 모든 이들의 시선은 그러했다.

악마를 보았다!

이진용의 피칭은 그 정도였다.

'공, 진짜 더럽다.'

4회 말 선두타자로 나오게 된 데블스의 1번 타자로 나온 최정훈, 이미 이진용의 공을 한 차례 상대하는 건 물론 이진용이 자신을 제외한 여덟 명의 타자들을 상대로 던진 공을 봤음에도 그는 여전히 이진용의 공을 칠 자신이 없을 정도였다.

'최대한 분석하고……'

데블스의 준비가 부족해서 그런 건 절대 아니었다.

데블스 전력분석팀은 이진용에 대해서 그 어느 구단보다 철저한 분석을 했다.

라이벌이니까.

프로야구리그 소속 10개 구단 중 8개 구단에게 전패를 하더라도, 엔젤스에게 전승을 거둘 수 있다면 만족할 수 있는 수준의 라이벌.

그런 라이벌 팀의 새로운 에이스 투수에 대한 분석은 당연히 최우선 과제였고, 데블스 전력분석팀은 이진용의 피칭을 온갖 방법을 이용해서 분석했다.

이진용이 던지는 공 하나하나를 문자 그대로 해부했다.

'최대한 준비했는데……'

또한 최정훈의 능력이 부족한 것도 아니었다.

좌타자인 그는 이번 시즌 타율이 3할 3푼, 여기에 7개의 홈런과 10개의 도루를 기록하면서 1번 타자에 부족함이 없음을 성적으로 증명하고 있었다.

아니, 그 어느 팀보다 두터운 야수진을 보유하고 있는 데블스의 1군에서 1번 타자로 섰다는 것 자체가 그가 리그 평균 이상의 타자라는 증거였다.

그렇기에 최정훈은 이것 하나만큼은 장담할 수 있었다.

이진용이 던지는 공이 뭔지만 예측할 수 있다면 얼마든지 그를 상대로 안타는 물론 홈런도 뽑아낼 수 있다고.

그리고 그게 문제의 시작점이었다.

'모르겠다.'

이진용이 뭘 던질지, 도무지 예측이 되지 않는다는 것.

'날 어떻게 잡으려고 하는지조차 모르겠어.'

최정훈은 당장 4회 말에 올라온 이진용이 자신을 삼진으로 잡을 것인지, 땅볼로 유도할 것인지 범타를 노릴 것인지 아니면 볼넷을 염두에 둔 집요한 바깥쪽 승부를 할 것인지 짐작할 수 없었다.

그게 이진용이 악마 같은 놈인 이유였다.

타자를 어떻게 잡을지조차 알려주지 않는 악마 중의 악마!

그런 이진용에게 2스트라이크를 허락한다는 건 악마에게 영혼을 주는 것과 마찬가지.

"스트라이크!"

"볼!"

"스윙 스트라이크!"

그리고 최정훈의 영혼이 저당 잡히는 데 필요한 값은 공 3개였다.

스트라이크존 바깥쪽 낮은 코스를 정확하게 찌르는 포심 패스트볼.

타자의 스트라이크존을 흔들기 위해 던진 하이 패스트볼.

그리고 그보다 좀 더 낮게 스트라이크존을 향해, 그러나 앞선 공보다 덜 가라앉는 라이징 패스트볼!

그리고 최정훈의 마지막 숨통을 끊은 공은 그 공이었다.

'젠장, 스플리터!'

스플리터!

후웅!

그야말로 홈플레이트 위에서 마법처럼 사라지는 그 공 앞에서 최정훈의 배트는 하염없이 허공만 가를 수밖에 없었다.

'아.'

그렇게 다시 한번 이진용에게 아웃카운트를 헌납한 최정훈은 그 사실을 인정하고 이내 마음의 준비를 했다.

"스윙 스트라이크, 아우우우웃!"

주심의 삼진 콜의 뒤를 이어 자신을 덮칠 그 빌어먹을 소리에 흔들리지 않기 위한 마음의 준비.

호우!

이윽고 그 소리가 최정훈을 덮쳤다.

그뿐이었다.

'응?'

엔젤스 팬들이 내지르는 호우 소리만이 최정훈의 몸을 흔들 뿐, 이진용의 목소리는 들리지 않고 있었다.

그 사실에 최정훈이 마운드 위의 이진용을 바라봤다.

그런 이진용은 최정훈을 말없이 바라보고 있었다.

'아.'

입꼬리 한쪽을 낚싯줄에 걸린 것마냥 올린 채.

그 순간 최정훈은 깨달았다.

"저 씨발 새끼가?"

이진용, 그가 자신이 생각하는 것보다 더 개 같은 악마 새끼였다는 사실을.

[155포인트를 획득하셨습니다.]

4회 말 데블스의 3번 타자를 상대로 마지막 삼진을 잡는 순간 이진용은 그 어떤 소리도 내지르지 않았다.

지그시 타자를 바라만 볼 뿐이었다.

입꼬리를 한쪽만 올린 채.

그 사실에 이진용에게 삼진을 당한 타자가 이진용을 죽일 듯한 눈빛으로 노려봤다.

살벌하기 그지없는 눈빛에, 이진용은 여전히 대답하지 않았다.

대신 제스처로 대답을 대신했다.

절레절레, 고개를 저었다.

굳이 해석을 달아줄 필요 없을 정도로 그 의도를 확실하게 알 수 있는 제스처였다.

"아오, 저 씨발 새끼!"

그렇기에 이진용의 그 모습을 본 데블스의 타자들이 결국 폭발했다.

-우와!

그리고 김진호는 감탄했다.

-진용아, 내가 진짜 어떻게든 널 메이저리그에 보내줄게!

그 감탄과 함께 나온 김진호의 말에 이진용이 글러브로 입을 가린 채 되물었다.

"갑자기 그건 또 무슨 개소리에요?"

-메이저리그 타자 애들이 네 도발에 어떻게 대응할지 보고 싶어서라도 널 메이저리그에 데려가겠다고!

김진호, 그는 이진용에게 주문했다.

데블스에 시비를 걸라고.

시비를 걸어서 덤비게 만들고, 그럼으로써 치킨 레이스를 할 수밖에 없게 만들라고.

누구 한 명이 지쳐서 제 발로 마운드로 내려가는 것이 아니라 피투성이가 되어 타인의 손에 끌려 경기장을 나갈 만큼 치열하게 치고받는 경기 분위기를 만들라고.

하지만 김진호는 그게 생각보다 쉽지 않다는 것을 잘 알고 있었다.

-진짜 네 도발 능력은 최고야. 너 정도의 도발 능력을 가진 건 막 잠들 무렵에 들리는 모기 소리 말고는 없는 거 같아.

애초에 프로 선수들이 프로로 살아남기 위해 필요한 것 중 하나가 바로 자기 스스로를 컨트롤하는 것이었으니까.

릴렉스, 침착하게, 냉철하게.

그런 단어를 수도 없이 머금으며 상대방의 도발에 넘어가지 않은 채 평정심을 유지하기 위해 선수들은 무수히 많은 훈련과 수행을 하며, 때로는 정신과 의사의 도움까지 받는다.

-장담하는데, 진용이 네가 메이저리그에 가면 전 세계 복싱 팬하고 격투기 팬들이 네 경기를 볼 거다. 아마 매 이닝마다 마운드가 링으로 변할걸? 캬! 진용이가 주먹 맞고 강냉이 털리

는 건 보고 성불할 수 있겠네!

그런데 이진용은 그런 프로 선수들의 평정심을 눈빛과 입꼬리를 실룩거리는 것만으로도 무너뜨려 버렸다.

-다시 생각해도 진짜 감탄이 나온다. 거기서 아가리를 싸무는 방법을 꺼낼 줄이야!

침묵.

그것으로 도발에 성공한 것이었다.

-아마 지금 데블스 애들은 네가 호우 외치는 게 그리워질 거다.

그렇기에 지금 데블스의 상태는 김진호가 한 말 그대로였다.

"아오, 빡쳐!"

데블스 더그아웃.

"봤어? 저 새끼 마운드에서 고개 흔드는 거?"

"젠장, 엔젤스 새끼들에게 이런 식으로 취급받는 날이 올 줄이야."

"아, 진짜 씨발. 저 새끼 마운드에서 내쫓고 싶다. 아, 빠따로 패버리고 싶다!"

지금 그곳은 이진용을 향한 분노로 가득 차 있었다.

그럴 수밖에 없었다.

"씨발! 차라리 호우호우 지랄을 하는 게 낫지."

이진용, 그가 아웃카운트를 잡을 때마다 내지르는 그것은 환호이자 동시에 포효였다.

내가 이겼다!

그런 의미의 포효.

맹수가 맹수를 사냥하는 순간 내지르는 포효였다.

때문에 당하는 입장에서는 기분이 더럽지만, 한편으로는 충분히 이해할 수 있었다.

그 포효는 이진용이 상대방을 자신의 적수로 인정했다는 의미이기도 했으니까.

달리 말하면 이진용이 포효조차 하지 않는다는 건, 지금 그가 데블스를 적수로조차 인정하지 않는다는 의미였다.

호랑이가 토끼를 잡고 포효하지 않는 것처럼.

'미치겠네. 이제 와서 호우하라고 할 수도 없고.'

'오히려 입 다물고 있으니 딴지를 걸 수도 없고.'

심지어 이런 이진용의 행동 자체를 두고 데블스의 타자들이 어찌할 방법은 없었다.

차라리 호우 소리를 외칠 때라면 모를까, 마운드에서 아무 말도 안 하고 그냥 입꼬리만 실룩거리는 투수에게 항의해 봤자 그 항의가 씨알도 먹힐 리 없을 터.

그저 속만 썩어 문드러지는 상황.

'어떻게 방법이 없네.'

'여기서 제일 좋은 건 점수를 내는 거지만…… 안 될 거야.'

더불어 데블스의 코칭스태프 역시 이런 상황에서 어찌할 도리 같은 건 없었다.

지금 이 순간 데블스가 할 수 있는 건 오직 하나.

"버틀러, 부탁한다."

"OK."

에이스는 에이스로 상대하는 것밖에 없었다.

"Howoo!"

5회 초.

마운드 위에서 터진 우렁차기 그지없는 음색의 환호성이 그라운드를 넓게 퍼졌다.

그 사실에 모두가 멍한 눈으로 마운드 위를 바라봤다.

'뭐지?'

'버틀러가 지금 호우라고 한 거야?'

마운드 위의 2미터 장신의 투수, 데블스의 에이스이자 한국 프로야구를 대표하는 투수 중 한 명이 된 버틀러를 바라봤다.

버틀러는 그런 좌중의 시선 속에서 당당하게 가슴을 편 채 마운드를 내려왔다.

"우아아아!"

그 순간 1루 쪽 관중석, 데블스의 관중석에서 우레와 같은 함성이 흘러나오기 시작했다.

"그래, 이거지!"

"시발, 니들만 호우냐? 우리도 호우다!"

"호우다, 호우!"

버틀러, 그가 내지른 호우가 데블스의 팬들 그리고 선수들의 가슴을 꽉 막고 있던 것을 뚫어줬다.

반면 엔젤스 팬들과 선수들은 그저 얼빠진 표정으로, 마치 잘 타고 가던 자신의 자동차를 빼앗긴 듯한 표정으로 이 광경을 바라만 볼 뿐이었다.

"아."

이윽고 정신을 차린 이들이 곧바로 고개를 돌렸다.

이제 5회 말 마운드에 올라갈 투수를, 그리고 자신의 포효를 빼앗긴 투수를 바라봤다.

자신의 심볼을 빼앗긴 그가 어떤 표정을 지을지 약간은 두려움 섞인 궁금증을 품은 채.

그런 그들은 볼 수 있었다.

-진용아, 시비 아주 제대로 받아줬네. 그래서 넌 어떻게 할래?

"콜."

씨익, 비릿한 미소를 지은 채 글러브와 모자를 챙긴 채 마운드로 올라가는 투수를.

5회 말.

마운드에 올라온 이진용의 피칭은 언제나처럼 똑같았다.

투스트라이크, 타자를 벼랑 끝으로 몰아넣은 후에 저마다 맞는 맞춤형 방법으로 그들을 벼랑 끝으로 밀어버렸다.

[153포인트를 획득하셨습니다.]

[143포인트를 획득하셨습니다.]

[129포인트를 획득하셨습니다.]

이제까지 이진용이 보여준 것을 생각하면 특별할 것 없는 일이었다.

그러나 그 결과물에 대해 이진용은 환호성을 내지르지 않았다.

호우, 그 두 글자를 입 밖으로 내뱉지 않았다.

대신 아웃카운트를 잡을 때마다 말없이 몸을 돌려 전광판을 잠시 동안 바라만 볼 뿐이었다.

"이진용, 저 새끼 왜 호우 안 하는 거야?"

"갑자기 개과천선한 건 아닐 테고."

"아, 호우야. 호우 좀 해!"

그 사실에 엔젤스 팬들은 답답함을 느꼈다.

사촌이 땅을 사도 배가 아픈 법인데, 자기 것이라고 생각됐던 것을 원수에게 빼앗긴 상황에서 아무것도 하지 않는 모습이 마음에 들 리가 없었으니까.

물론 데블스 팬들의 기분도 좋지는 않았다.

"젠장, 차라리 호우 소리 듣는 게 낫겠어. 이호우 새끼 우리를 완전히 좆밥 취급하잖아?"

"엔젤스 놈들에게 이런 대우를 받는 날이 올 줄이야. 굴욕이다, 굴욕!"

이진용의 침묵이 예의를 갖추기 위함이 아니라, 데블스를 얕잡아 보기 위함이라는 걸 모를 리가 없었으니까.

그런 광경은 6회에도 마찬가지였다.

6회 초, 마운드에 올라온 버틀러는 이번에도 아웃카운트를 잡을 때마다 소리쳤다.

"Howoo!"

처음에는 이진용의 도발에 도발로 응수하기 위해서 꺼냈지만, 이제는 본인이 진심으로 맛을 들인 듯 환호성을 내지르는 버틀러는 이제 어퍼컷 세레모니까지 곁들이기 시작했다.

마치 그 환호성이 본래는 자신의 것이었던 것처럼.

반면 이진용은 반대였다.

"흠."

6회 말에 마운드에 올라온 이진용의 피칭은 여전히 악마와 같이 데블스 타자들의 영혼을 뽑아먹었지만, 이진용은 포효를 내지르지 않았다.

그저 타자를 상대할 때마다 그리고 마운드에 오를 때와 내려갈 때 전광판을 확인할 뿐이었다.

-이진용 쟤 뭐 보는 거임?

└시계 보는 듯.

└시계?

└보고 싶은 드라마 있는 듯.

└그게 말이 됨?

└됨. 쟤 또라이임.

"대체 왜 자꾸 전광판을 확인하는 거지?"

"괜히 신경 쓰지 말자고. 이진용 행동 하나하나에 의미를 부여했다가는 머리가 터져 버릴 테니까."

그 사실에 경기를 보는 관중들은 물론 기자들, 관계자들 그리고 데블스 선수단과 코치들과 시청자들이 의구심을 품었다.

하지만 엔젤스 선수들은 이진용의 행동에 의구심을 품기보다는 위기감을 품었다.

'이제 7회다.'

엔젤스 선수들, 개중에서도 타자들에게는 이진용과 처리해야 할 문제가 있었으니까.

'점수 내야 해.'

7회 이전에 득점을 하는 것.

그리고 이제 그 7회가 왔다.

'어떻게든!'

팀의 승리를 위해서라도 그리고 선수의 자존심과 자긍심을 위해서라도, 더 나아가 연봉 인상을 위해서라도 점수를 내야 할 때가 온 것이었다.

당연한 말이지만 그런 엔젤스 타자들에게 버틀러의 도발은 무의미한 것이었다.

그걸 신경 쓸 여유조차 없었다.

어떻게든 점수를 내는 것에만 초점을 맞춘 엔젤스 타자들은 그 덕분에 평정심을 유지할 수 있었으니까.

그리고 그 평정심이 가능케 했다.

"버틀러 패스트볼 던질 때 팔이 좀 더 높은 거 같지 않아?"

"그렇지? 네가 봐도 그렇지?"

"호우 외치다가 맛탱이가 간 거 아냐?"

"확실히 평소 같진 않겠지."

평소와 다른 피칭을 하는 버틀러가 저도 모르게 드러낸 자신의 약점을.

그 상태로 7회 초가 시작됐다.

엔젤스의 타순은 3번부터 시작.

사고가 터지기에 가장 좋을 때.

그때에 사고가 터졌다.

투수가 가장 실점을 많이 하는 때는 과연 몇 회일까?

사실 이 질문에 대한 정해진 답은 없다.

케이스 바이 케이스, 투수마다 약해지는 타이밍은 제각각이다.

경기 초반에는 위태위태하다가 경기 후반에 오히려 더 대단한 공을 던지는 투수도 있고, 5회까지는 언터쳐블의 피칭을 보이다가 6회가 되는 순간 갑자기 힘이 빠지는 투수도 있다.

중요한 건 투수가 실점할 때는 그전에 분명하게 조짐이 있다는 것.

예를 들어 투수가 분위기에 취할 경우, 이 경우 투수는 평소보다 절대 냉철한 판단을 할 수 없다.

여기에 만약 그 투수가 그날 6이닝 동안 1피안타 1볼넷 10탈삼진의 피칭을 하는 와중에 냉철함을 잃는다면 그 사실은 방심으로 이어질 가능성이 여느 때보다 높다.

그런 상황 속에서, 분위기에 취한 채 방심을 하는 상황 속에서, 6회까지 90구나 되는 공을 던지면서 구속이 저하되고, 체력이 떨어지며 결과적으로 구위가 저하된다면?

반대로 상대 팀 타자들이 90구나 되는 공을 보며 슬슬 타이밍을 읽기 시작한다면?

그러다 보면 결국 사고가 일어난다.

빠악!

7회 초, 선두타자로 나온 홍우형이 버틀러가 던진 초구 패스트볼을 잠실의 펜스, 그 머나먼 곳으로 보내는 대형사고가 일어난 이유는 바로 이런 배경 때문이었다.

-넘어갔습니다! 홍우형! 엔젤스의 새로운 해결사가 드디어 한 방을 날렸습니다.

-높게 들어온 패스트볼을 제대로 잡아당겨 쳤네요. 비거리가 정말 대단하군요.

7회 초, 드디어 길고 길었던 0 대 0의 균형이 1 대 0으로 기울어지는 순간이었다.

그러나 언제나 그렇듯 사고는 연달아 일어나는 법.

빠악!

-어? 어?

-어?

-큽니다! 큽니다! 큽니다! 중견수가 결국 공을 쫓는 것을 포기하고 그대로 지켜봅니다.

-넘어갔네요.

-예! 넘어갔습니다! 엔젤스의 백투백 홈런! 박준형, 엔젤스의 슈퍼 루키가 다시 한번 자신의 존재감을 드러냅니다.

홍우형의 뒤를 이어 출전한 4번 타자 박준형, 그가 흔들리는 버틀러를 상대로 백투백 홈런을 날렸다.

"우아아아!"

"으아아아……"

그렇게 두 개의 포물선이 잠실구장을 반으로 가르자, 반으로 갈라진 한 곳에서는 탄성이 다른 한 곳에서는 탄식이 동시에 흘러나와 그라운드를 채우기 시작했다.

-아! 버틀러가 마운드를 내려갑니다.

그게 마운드에서 버틀러가 들을 수 있는 마지막 소리였다.

6이닝 2실점.

평소의 버틀러라면 앞으로 한 이닝 정도는 더, 그 이상도 소화할 수 있는 상황.

그러나 지금 버틀러는 평소와 달랐다.

-2실점을 했다고는 하지만, 버틀러를 여기서 내리는 건 너무 이른 거 아닐까요?

-아무 이유 없이 투수를 내리는 일은 없죠. 무엇보다 이번 실점은 단순한 실점이 아니에요. 시소가 한쪽으로 기우는 점수지요. 생각보다 타격이 클 겁니다.

평소와 다르게 이진용의 도발에 응수를 하면서, 자신의 한계치를 끄집어냈던 버틀러에게 백투백 홈런은 팽팽하게 당겨진 실을 연달아 두 번 끊는 것과 같았기에.

그렇기에 더 이상 버틀러에게는 오늘 경기를 계속 이어갈 힘도, 체력도, 정신력도 없었다.

그렇게 버틀러가 내려간 자리를 곧바로 데블스의 불펜 투수들이 채우기 시작했고, 이후 엔젤스는 1개의 안타와 1개의 볼넷을 얻어냈지만 추가 득점 없이 7회를 마무리했다.

2 대 0.

이제 마운드 위의 주인공은 한 명만 남은 채 7회 말이 시작됐다.

원맨쇼가 시작됐다.

7회 말.

이진용이 마운드에 올라오는 순간 엔젤스 팬들은 이진용의 이름을 전력을 다해 소리쳤다.

이호우! 이호우! 이호우!

그 호명 속에서 마운드에 올라온 이진용은 타석이 있는 전광판을 지그시 바라봤다.

4회 말부터 지금까지 계속 반복한 그 행동에 이제 모두가 집중적으로 의문을 제기했다.

이제는 마운드 위의 주인공은 하나밖에 없었으니까.

"이호우는 대체 왜 자꾸 전광판 확인하는 거야?"

대부분의 투수들은 전광판을 잘 보지 않는다. 수시로 확인하는 경우는 더더욱 없다.

오히려 반대, 보고 싶어도 억지로, 일부러 외면하고는 한다.

"보통 투수들은 전광판 잘 안 보잖아?"

"그렇지, 봐서 좋을 거 없으니까."

전광판에 나오는 숫자들 중에 투수에게 그다지 좋은 것은 별로 없으니까.

만약 팀이 지고 있으면 투수는 초조함을 느끼고, 반대로 팀이 이기고 있으면 투수는 방심하고는 한다.

때문에 투수들은 전광판을 무시한 채 마운드 위에서 본래 준비했던 것을 그대로 펼친다.

하물며 만약 그 투수가 아주 기념비적인 기록을 현재 진행 중이라면 더더욱 전광판을 확인하는 일은 없어야 한다.

"그러고 보니 이진용 퍼펙트게임 페이스네."

예를 들어 노히트노런이나 퍼펙트게임 같은 기록이 현재 진행형이란 사실을 전광판을 통해 알게 되면 투수가 느끼게 되는 부담감과 압박감은 이루 말할 수 없을 정도로 커지니까.

"이호우, 저러다가 퍼펙트게임 페이스인 거 알면 어떻게 해?"

"그러게."

오죽하면 선발투수가 퍼펙트게임 중이면, 더그아웃의 그 누구도 그 사실을 언급하지 않는 것이 불문율일 정도.

그런 상황에서 현재 6이닝 퍼펙트게임 페이스를 유지하는 이진용이 전광판을 바라보는 사실에 대해서 엔젤스 유니폼을 입고 있는 무수히 많은 자들은 우려를 표했다.

"가만."

그리고 그중 일부, 이진용이 어떤 인간인지 잘 알고 있는 자들은 의문을 표했다.

"저렇게 전광판을 수시로 확인하는 놈이 자기가 퍼펙트게임이란 걸 모를 리 없잖아?"

이진용이 자신이 퍼펙트게임 페이스란 걸 모를 리가 없다고.

"그렇지."

"저거 일부러 그러는 거야."

그러니까 지금 행동은 의도된 것일 수밖에 없다고.

"뭐?"

"일부러 보는 거라고!"

"무슨 소리야?"

"이진용이 자기 퍼펙트게임인 걸 마운드 위에서 노골적으로 드러내고 있는 거라고!"

"그게 말이 돼?"

"이진용이잖아?"

"아, 이진용이지……."

이진용은 그렇게 하고도 남을 또라이라고.

그들 덕분이었다.

"진짜인가? 자기가 퍼펙트게임 중이라는 걸 가지고 지금 광고를 하는 거야?"

"대체 왜?"

"설마…… 데블스 애들에게 압박감 주려고?"

"너희들 퍼펙트게임 당하는 중이니까 긴장하라, 뭐 그런 의미로?"

이진용, 그의 의도가 이제는 잠실구장에 있는 이들 그리고 지금 이 경기를 보는 무수히 많은 시청자들이 알 수 있게 된 건.

"맙소사……."

그렇게 7회 말, 이진용의 펙트 폭행이 시작됐다.

퍼펙트게임.

한국프로야구 역사에 단 한 번도 존재하지 않았던, 장명부가 한 시즌에 400이닝을 소화하고, 최동원이 한국시리즈에서 4승을 거두고, 선동열이 한 시즌에 262이닝을 던지면서 방어율을 0.99로 마치는 시대 속에서조차 나온 적 없었던 기록.

때문에 누군가는 이렇게 말했다.

한국프로야구에 있어 퍼펙트게임은 전무후무한 기록이 아니라, 아직 야구의 신이 허락해 주지 않은 기록이라고.

그런 한국프로야구 무대에서 퍼펙트게임에 도전한다는 건 투수에게 있어서 감히 상상도 할 수 없을 정도로 아득한 작업이었다.

-이진용 선수, 이번 7회 말도 무실점으로 이닝을 마무리한다면 자신의 무실점 이닝 기록을 58이닝으로 연장하게 됩니다.

-예, 하지만 이진용 선수에게는 지금 무실점 기록 같은 건 보이지도 않을 거예요. 앞으로 이진용 선수가 이번 7회를 포함해 3이닝 동안 모든 타자를 출루 없이 잡는다면 대기록을 달성할 테니까요.

-이진용 선수가 느끼는 부담감이 상당하겠습니다.

-상당한 정도가 아니라, 그야말로 아득한 수준일 겁니다.

너무 아득해서 부담감을 느끼는 감각조차 마비될 정도.

그리고 지금 그 아득함을 느끼고 있었다.

'미치겠다.'

이진용이 아니라 데블스의 타자들이.

말 그대로였다.

'퍼펙트게임이라니……'

'정말 우리가 퍼펙트게임을 당하는 거야?'

'어떻게 하지?'

지금 이 순간 데블스의 타자들, 아니, 데블스의 유니폼을 입고 있는 모두가 퍼펙트게임의 희생양이 되리란 사실에 지독한 부담감을 그리고 참담한 불안감을 느끼고 있었다.

그리고 그 불안감과 부담감은 이진용이 전광판을 확인할 때마다 더 강력해졌다.

이진용이 전광판을 볼 때마다 모두가 마법에 홀린 듯이 전광판을 바라봤으니까.

지금도 그랬다.

마운드에 올라온 이진용은 가장 먼저 전광판을 바라봤고, 모두가 이진용을 따라 전광판을 바라봤다.

김진호도 마찬가지였다.

-진용아, 저 왜 자꾸 전광판을 보는 거야?

저도 모르게 이진용을 따라 전광판을 보던 김진호가 결국 궁금증을 참다못해 질문을 던졌다.

"펙트 폭행을 하려면 지금 제가 퍼펙트 중이란 걸 어떻게든 광고를 해야죠."

-뭐?

"그리고 지금 돌아가는 상황을 보니까 이제 대충 눈치챈 거 같네요."

-맙소사.

그제야 이진용의 의중을 깨달은 김진호가 헛웃음을 흘렸다.

-정말 넌 대단한 또라이야.

그 헛웃음 사이로 감탄이 나왔다.

물론 이진용 입장에서는 딱히 듣기 좋은 감탄은 아니었다.

"자꾸 또라이라고 하시는데, 제가 무슨 또라이입니까?"

그런 이진용의 말에 김진호가 사과를 했다.

-미안. 그럼 이제부터 또라이라고 안 할게. 대신 골라. 미친 놈, 크레이지맨, 퍼킹 크레이지맨, 이진용 같은 놈. 이 네 가지 중에 하나 고르면 그렇게 불러주마.

김진호의 그 말에 이진용은 표정을 구긴 채 말했다.

"시끄러워요."

그 말을 끝으로 이진용은 제 입에서 글러브를 치웠다.

그리고는 타석을 바라보고, 데블스의 더그아웃을 바라봤다.

그 눈빛에 장난기는 없었다.

이곳은 사냥터.

그리고 이진용은 이제 6이닝 동안, 수 시간 동안 던져놓은 밑밥을 이용해 노리던 사냥감을 본격적으로 사냥할 생각이었다.

그 사냥감은 당연히 지금 이진용이 바라보는 곳, 데블스의 타자들이었다.

그들을 바라보는 이진용의 눈빛이 칼처럼, 이빨처럼 번뜩였다.

'거듭 퍼펙트게임만 강조했다. 덕분에 데블스의 머릿속에 역전이란 단어는 삭제됐겠지.'

그 눈빛과 함께 이진용은 그들의 머릿속을 읽었다.

'무조건 퍼펙트게임을 깨려고 덤벼들 테고, 안타를 치기 위해서 덤벼들겠지.'

이제 자신의 사냥감이 된 그들의 머릿속을.

'안타를 치려고 덤벼드는 겁먹은 타자들에게 뭐가 좋을까?'

그리고 고민했다.

'아, 체인지업도 좋고 투심도 좋고, 스플리터도 좋고, 다 좋아서 너무 고민되네.'

무엇으로 그들을 잡아야 할지.

'일단……'

그리고 무엇을 해야 보다 완벽하게 사냥을 할 수 있을지.

"심기일전."

이윽고 이진용이 가장 먼저 해야 하는 것을 떠올렸다.

"라이징 패스트볼."

긴장한 사냥감을 더 당황하게 만들어서 공황 상태로 만들어 버리는 것.

"리볼버."

7회 말.

이진용, 그가 오늘 경기 처음으로 리볼버를 꺼냈다.

퍼엉!

공이 포수 미트에 들어오는 순간, 주심은 망설임 없이 큰 몸짓과 함께 소리쳤다.

"스트라아아아이크!"

그러나 주심의 그 스트라이크 콜은 7회 말 타석에 올라온 1번 타자 최정훈의 귀에 들리지 않았다.

'맙소사, 또 139?'

그저 전광판에 찍힌 139킬로미터라는 구속을 그저 말없이 바라만 볼 뿐이었다.

'어떻게 7회에 이르러서 구속이 이렇게 빨라지지? 심지어 이렇게 완벽한 제구라니……'

139킬로미터.

솔직히 말해서 최정훈에게 있어 그 구속은 조금도 무서워할 이유가 없는 구속이었다.

그는 150킬로미터짜리 공을 던지는 투수들을 상대로도 큼지막한 안타를 뽑아낸 적이 수도 없이 많았으니까.

그러나 지금 이진용이 던진 그 공 앞에서 최정훈은 그대로 굳을 수밖에 없었다.

이제까지 130대 초반 공을 던진 이진용을 상대로 제대로 된 싸움조차 못 했던 최정훈에게 이진용이 꺼내든 139짜리 패스트볼은, 그것도 완벽하게 제구가 되어 자신의 몸쪽 낮은 코스를 완벽하게 찌르는 그 공은 최정훈의 전의를 단숨에 잘라냈다.

'맙소사.'

'설마 이제까지 힘을 숨겼다고?'

그리고 이진용을 상대로 마지막 몸부림이라도, 퍼펙트게임을 주지 않기 위한 최후의 저항을 하려던 데블스 선수들의 전의마저 잘라냈다.

"리볼버."

그런 상황에서 이진용은 3구째마저 리볼버를 사용했다.

잘려나간 전의가 다시 이어지기 전에, 사정없이 짓밟기 위해서.

그렇게 다시 한번 139짜리 포심 패스트볼을 최정훈의 바깥쪽 낮은 코스에 찔러 넣었다.

"스트라이크, 아웃!"

퍼펙트게임을 향한 아웃카운트다운이 시작됐다.

7회 그리고 8회.

이 두 이닝은 조용하게 지나갔다.

초, 엔젤스 타자들은 더 이상 점수를 낼 의지가 없었고 또한 그들이 점수를 내기를 바라는 이들도 없기에 조용했다.

말, 모두가 숨죽인 채 아웃카운트가 하나씩 올라가는 것만을 지켜보느라 조용했다.

9회 초는 그 여느 때보다 적막한 분위기 속에서 이루어졌다.

엔젤스의 타자들 중 그 누구도 타석에서 타격에 집중할 수가 없었다.

'제발 나한테 공 오지 마라.'

'제발 쉬운 공이 와라.'

'그냥 삼진 잡고 끝나라.'

몇 분 후 글러브를 낀 채 자신들을 향해 날아올지도 모르는 공만으로도 이미 가득 찬 그들의 머릿속에 지금 마운드 위에서 날아오는 공이 들어올 여지는 없었으니까.

"스트라이크 아웃!"

그렇게 9회 초가 삼자범퇴로 마무리되고, 9회 말이 시작되는 순간.

-이진용 선수가 마운드에 오릅니다. 이제 단 3개의 아웃카운트만 잡으면 한국프로야구 역사에 존재치 않았던 기록을 세울 수 있습니다.

그 순간 가장 짙은 침묵이 잠실구장을 가득 채우기 시작했다.

역사적인 순간의 목격자가 되는 순간, 그 순간 대부분의 이들은 그 순간을 그저 지켜보고는 하기에.

그렇기에 모두가 입을 꽉 다문 채 그저 바라만 봤다.

자그마한 체구의 투수가 마운드 위에 올라오고, 마운드 위에서 등을 돌린 채 전광판을 바라본 뒤 모자를 고쳐 쓰고는 그대로 글러브로 자신의 입을 가리는 모습을.

'젠장.'

그런 투수를 상대하게 될 데블스의 7번 타자 안수현 역시 입을 꾹 다문 채 그 투수를 바라보고 있었다.

'이제 죽기 아니면 살기다.'

그러나 이 순간 안수현의 눈동자에는 불씨가 남아 있었다.

'쉽진 않겠지.'

사실 솔직한 심정을 말하면 안수현은 물론 데블스의 전의는 7회 말 이진용이 139짜리 포심 패스트볼을 던지는 순간 상실된 상태였다.

130대 초반의 공을 던지는 이진용도 상대하지 못한 데블스에게 130대 후반의 공을 던지는 이진용은 전혀 다른 괴물이었으니까.

'하지만 어차피 이렇게 된 거, 그냥은 못 죽어.'

그러나 전의의 불씨조차 사라진 건 아니었다.

자그마한 불씨가 남은 채 반전을 꾀하고 있었다.

후웅!

"스윙 스트라이크!"

그 불씨는 안수현이 이진용이 던진 초구, 스플리터에 애달프기까지 한 헛스윙을 하는 순간에도 남아 있었다.

'악마 같은 스플리터네.'

어차피 이미 벼랑에서 떨어지는 상황이었으니까.

그런 상황에서 데블스는 살아남을 생각이나 기대 같은 건이미 하지 않고 있었다.

하는 생각은 오직 하나.

'그래도 칠 수 있어. 일단 치기만 하면 돼.'

동귀어진.

이진용의 영광에 조금이라도 흠집을 내는 것이 지금 데블스 그리고 안수현의 목적이었다.

그리고 그것은 충분히 가능한 일이었다.

'내야에 굴리든 띄우든 일단 어떻게든 치자.'

지금 필요한 건 1점도 아니고, 펜스를 맞는 장타도 아니었으니까.

볼넷 혹은 내야수의 머리를 살짝 넘기는 안타.

하다못해 내야수를 향해 굴러간 공이 야수 실책으로 세이프만 되어도 데블스는 원하는 바를 이루는 것이었다.

'그것만 하자.'

그것조차 하지 못하겠다고 말할 거라면 그냥 야구를 그만두는 게 나을 것이다.

후웅!

"스윙 스트라이크!"

그렇기에 안수현은 또 한 번 애처로운 헛스윙과 함께 투스트라이크 상황에 몰리는 상황에서도 탄식을 내지르는 대신 자신의 마음에 남은 작은 불씨를 지켰다.

'나는 할 수 있다. 내가 아니더라도 내 다음 동료가 할 수 있다.'

그런 그를 향해 이진용이 3구째를 던졌다.

이번에도 스플리터였다.

그러나 앞서 던진 것보다 더 빠르게 떨어지는 그 스플리터 앞에서 안수현의 배트는 다시금 허공을 갈랐다.

"스윙, 스트라이크. 아우우우웃!"

삼구 삼진아웃.

'게임은 끝날 때까지 끝난 게 아니다!'

그렇게 아웃을 당하는 순간에도 데블스는 여전히 반전의 불씨를 남겨두었다.

안수현이 아웃을 당하는 모습을 보고 대기 타석에 있던 8번 타자가 그리고 더그아웃에 있던 9번 타자를 대신할 대타가 반전의 불씨를 품은 눈으로 마운드를 바라봤다.

"호우!"

그때 불씨 위로 기습 호우가, 4회 말 이후 사라졌던 호우가 내렸다.

"헉!"

"으헉!"

"으허헉!"

그렇게 갑작스럽게 내린 호우는 고요했던 잠실구장을 단숨에 장악했다.

모두가 놀란 눈으로 마운드 위의 이진용을 바라봤다.

고개를 돌려 전광판에 자신이 잡은 25개의 아웃카운트를 확인하고, 남은 2개의 아웃카운트를 확인하는 이진용을.

확인을 마치고 다시 타석을 향해 걸어오다 그대로 몸은 굳어버리고, 전의는 꺼져버린 8번 타자를 노려보는 이진용을.

그 순간 사실상 게임은 끝이었다.

완벽하게.

6화
누가 130이래?

9회 말 2아웃 그리고 1볼 2스트라이크.

이제 공 하나면 모든 것이 끝나도 이상할 게 없는 상황.

'끝날 때까지 끝난 게 아니다.'

그 상황 속에서 이진용이 떠올린 건 월드시리즈 우승 10회에 빛나는 위대한 포수, 요기 베라의 닳고 닳은 그 말이었다.

'완벽한 공을 고른다.'

그렇게 이진용은 요기 베라의 말을 껌처럼 질겅질겅 씹으며 완벽한 공을 던지기 위한 사고를 시작했다.

'몸쪽 공에 대한 반응이 여전히 살아 있다. 무엇보다 볼넷 출루는 염두에 두고 있지 않아. 어떻게든 그라운드로 공을 굴리기 위해 배트를 휘두를 속셈이야.'

일단 타자를 분석했다.

'야수들 역시 긴장감이 극도에 도달했어. 땅볼이든 뜬공이든 사고가 터질 위험은 극도로 높아.'

그 후 야수들을 고려했다.

'호찬 선배도 마찬가지야. 스플리터로 오늘 재미를 많이 봤지만, 피로와 긴장이 극에 다른 호찬 선배가 떨어지는 공을 놓칠 수도 있다. 낫아웃 출루 위험도 분명하게 존재해.'

포수도 염두에 두었다.

'무엇보다 오늘 스플리터를 많이 썼다. 상대가 본능적으로 반응해도 될 정도로 많이.'

마지막으로 자신을 검수했다.

'체인지업이다.'

그 모든 과정 끝에 이진용이 고른 건 B랭크의 체인지업, 어찌 보면 자신이 가진 구종 중 가장 나약한 공이었다.

'오늘 체인지업을 던진 건 3구에 불과, 그마저도 결정구로 던진 공은 1구뿐. 임팩트는 전무, 그러니 지금 이 순간 데블스 선수들의 머릿속에 체인지업은 없다. 고로 이 공이 지금 내가 던질 수 있는 가장 위력적인 공이다.'

그러나 이진용은 지금 이 순간 체인지업이 가장 위력적인 공이라는 사실을 확신했다.

확신했기에 망설임은 없었다.

이진용이 곧바로 이호찬과 사인을 나누었고, 투구 준비 자세를 취한 채 글러브 속에서 체인지업 그립을 잡았다.

'그래도 모르니, 공을 던지는 순간 공을 쫓아야 해. 공이 내

앞으로 굴러오면 내가 처리해야 해.'

이윽고 공을 던진 후의 각오까지 되새김질한 이진용이 공을 던졌다.

토네이도와 같은 투구폼에서 나온 공.

치기 좋게 날아오는 그 공에 타자의 배트는 저도 모르게 움직였고, 타자의 배트가 홈플레이트 위를 지나가는 순간 공은 힘없이 떨어졌다.

후웅!

그렇게 타자가 춤췄다.

"스윙, 스트라이크."

춤추는 타자를 향해 주심이 곧바로 스윙 스트라이크 콜을 외쳤다.

"아우우우웃!"

동시에 주심은 오늘 스물일곱 번째 아웃 콜과 함께 허공을 제 주먹으로 갈랐다.

[퍼펙트게임을 달성했습니다. 플래티넘 룰렛 이용권이 지급됩니다.]

[최초로 퍼펙트게임에 성공하셨습니다. 다이아몬드 룰렛 이용권이 지급됩니다.]

[현재 누적 포인트는 30,159포인트입니다.]

"호우!"

6월 13일 잠실구장.

그곳에서 한국프로야구 역사상 존재하지 않았던 기록이 세 워지는 순간이었다.

1982년 한국프로야구 개막과 함께 시작된 36년의 역사.

그 역사 속에는 그야말로 전설을 넘어 신화와도 같은 이야 기들이 가득했다.

최초이자 최후였던 4할 타자의 이야기, 한 시즌에 400이닝 을 던지며 30승을 거둔 투수의 이야기, 한국시리즈에서 홀로 4승을 거두었던 투수의 이야기와 250이닝을 던지면서 0.99라 는 방어율로 시즌을 마친 투수의 이야기, 그리고 그 두 투수가 15회까지 공을 던지고도 무승부를 거두었던 이야기까지.

그리고 이제 그 이야기에 새로운 이야기가 추가됐다.

-오늘 이곳 잠실구장에서 한국프로야구 역사상 최초의 퍼펙 트게임이 등장했습니다. 단 한 명의 투수가 9이닝 동안 스물일 곱 개의 아웃카운트를 잡으며 단 하나의 피안타도, 볼넷도 주 지 않았습니다.

퍼펙트게임, 말 그대로 완벽한 경기가 탄생했다.

-서울 엔젤스의 이진용 선수, 그가 해냈습니다.

주인공은 엔젤스의 투수 이진용!
"승리의 함성을 다 같이 외쳐라! 이진용의 승리를 위하여~!"
그 사실에 엔젤스의 팬들은 기꺼이 자신들의 영웅을 위한 찬가를 아끼지 않았다.
"워! 어! 워어어어~!"
이제는 충분히 늦은 밤임에도 경기장을 떠나지 않은 채 전력을 다해 소리쳤다.
"호! 우! 호! 우!"
이진용, 그를 외쳤다.
이진용은 그런 외침을 아이싱을 한 채 더그아웃에 앉아 말없이 감상하고 있었다.
그런 이진용을 바라보던 김진호가 옅은 미소 사이로 입을 열었다.
-축하한다.
말을 하는 김진호의 목소리와 표정에는 진심이 가득했다.
-정말 대단한 걸 해냈다.
김진호는 알고 있었으니까.
퍼펙트게임.
그것은 결코 행운만으로 이룰 수 없으며, 때문에 얼마나 이룩하기 힘든 것인지.
한편으로는 무척이나 힘겹고, 버거운 왕관이라는 것을 김진호는 누구보다 잘 알고 있었다.

-진용아, 오늘 이건 하나의 행운으로 생각해라.

사실상 이진용은 오늘 자신이 보여줄 수 있는 가장 완벽한 피칭을 했고, 앞으로 그 어떤 피칭을 하더라도 오늘보다 더 완벽한 피칭을 보여줄 수 없을 테니까.

말 그대로였다.

퍼펙트게임보다 완벽한 게임은 존재하지 않았다.

-오늘 같은 날을 떠올리되, 오늘과 비교하지 마라.

그렇기에 이 순간 김진호는 이진용에게 뼈와 살, 그보다 더 중요한 것이 될 조언을 아끼지 않았다.

"예."

그리고 이진용은 그 조언에 눈빛을 빛냈다.

그런 이진용의 눈빛에는 여전히 전의가 짙게 그리고 깊게 어려 있었다.

-음?

이진용은 여전히 전장에 있는 전사의 눈빛을 하고 있었다.

그 사실에 김진호의 눈빛이 달라졌다.

-너 설마?

이진용이 여전히 싸울 의지가 남았다는 사실을 그가 눈치채지 못했을 리 없었으니까.

-인터뷰에서?

더 나아가 이진용이 각오를 다지는 무대가 다른 어디도 아닌 인터뷰 무대라는 것도 충분히 짐작할 수 있었다.

그런 김진호의 질문에 이진용은 대답 대신 고개를 끄덕였다.

김진호 선수 당신이 생각하는 게 맞습니다.

이진용은 말없이 그리 대답했다.

그 모습에 김진호는 굳은 표정으로 고개를 끄덕였다.

-그래, 잘 생각했다.

그리고는 말했다.

-그래, 남자를 좋아할 수 있는 거지. 진용아, 난 네 편이다.

그 말에 이진용이 기겁하며 소리쳤다.

"뭔 개소리예요?

-커밍아웃하려는 거 아니었어?

"커밍아웃이라니?"

-아니야?

"아니, 대체 무슨 상상을 해야 이야기가 그렇게 돌아가는 겁니까?"

-그야 팔팔한 이팔청춘 사내자식이 여자도 안 만나는 게 이상하잖아? 고자가 아닌 이상. 설마 너 고……

"헐."

김진호의 말에 이진용이 너무나도 충격을 받은 듯 말문이 막힌 듯한 표정만 지었다.

"이진용 선수, 인터뷰 시작합니다."

그때 방송 관계자가 이진용을 불렀다.

이진용이 잽싸게 자리에서 일어났다. 그러고는 김진호를 귀신 보듯 바라본 후에 인터뷰 무대로 향했다.

그 모습을 본 김진호가 피식 웃었다.

당연한 말이지만 김진호는 이진용이 지금 무엇을 준비하는지 알고 있었다.

모를 리 없었다.

이진용을 가르친 건 그 누구도 아닌 그였으며, 이진용이 가장 닮은 것 역시 바로 그였으니까.

-그래, 제대로 부르짖어 봐라.

한국프로야구 최초의 퍼펙트게임.

"포토라인 넘어오지 마세요."

"플래시는 적당히 터뜨리세요! 인터뷰 방해되지 않도록!"

그 퍼펙트게임의 주인공을 인터뷰하는 무대는, 너무나도 당연하게도 기자들이 장사진을 이루고 있었다.

"이진용이다!"

그 소란 속에서 드디어 이진용이 등장했다.

파바밧!

그의 등장에 기자들의 카메라가 쉴 새 없이 플래시를 토해냈다.

그건 관중석도 마찬가지였다.

"이호우다, 호우!"

"호우 한 번 외쳐줘요!"

마치 은하수가 반짝이듯, 관중석을 채운 팬들의 스마트폰 카메라 플래시가 빛나기 시작했다.

그 눈부신 광경 속에서 등장한 이진용에게 아나운서가 곧바로 마이크를 건네줬다.

"이진용 선수, 일단 소감 한마디 부탁합니다."

그리고 질문도 건넸다.

그렇게 마이크와 질문을 받게 된 이진용은 조금의 고민이나 주저함 없이 입을 열었다.

"일단 오늘 이 기쁨을 함께해 주신 모든 분들께 감사드립니다. 이런 역사적인 기록의 주인공이 됐다는 사실에 그저 감사하다는 것 외에 다른 생각은 들지 않습니다."

그 순간 모두가 입을 다물었다.

이진용의 말에 귀를 기울였다.

역사적인 순간, 역사적인 순간을 만든 주인공이 내뱉는 역사적인 말을 막을 권리는 누구에게도 없었기에.

"이 감사함에 대해 보답할 도리는 하나밖에 없다고 봅니다."

그렇기에 이진용은 거침없이 이어갔다.

"올해 엔젤스를 우승시키도록 하겠습니다. 제 모든 것을 불태워서라도, 우승으로 보답하겠습니다. 제 소감은 여기까지입니다."

"예?"

그렇게 거침없이 소감을 마쳤다.

"다음 경기에서 더 나은 모습으로 찾아뵙겠습니다."

말과 함께 이진용이 고개를 깊게 숙였다.

인터뷰는 그것으로 끝이었다.

모든 프로 선수들은 그리고 프로 구단은 우승을 바란다.

바라지 않는다면 그건 프로가 아니다.

하지만 막상 우승을 하겠다고 전력을 다해 부르짖는 경우는 보기 힘들다.

대개는 우승에 도전하겠다, 그 정도만 말할 뿐이며 그마저도 시즌이 시작되기 전 혹은 시즌 초반에 포부를 밝히는 수준에 불과하다.

엔젤스는 더더욱 그랬다.

1994년 이후 20년 넘게 우승을 하지 못했던 그들은 우승 후보로 분류되는 전력을 가진 상황 속에서도 그 누구도 자신 있게 우승을 하겠다고 말하지 않았다.

무서웠으니까.

우승을 하겠다고 말했는데 우승을 못 했을 경우, 팬들이 보여줄 실망과 원망이.

그 실망과 원망 속에서 그들이 보여줄 행동이.

우승을 하겠다고 모든 것을 불태웠음에도 우승을 하지 못했을 경우 느끼게 될 절망이.

결정적으로 자신이 없었다. 우승할 자신이.

그런 상황에서 이진용이 우승이란 말을 꺼냈다.

그것도 그냥 꺼낸 것이 아니라 우승을 위해 모든 걸 하겠다고, 우승을 부르짖었다.

-역시 진용이야! 사고도 그냥 막 음주나, 도박 같은 평범한 건 안 치고 색다르게 친다니까!

엔젤스라는 팀에게 있어 그것은 마치 거대한 폭탄이 터진 것과 같은 일이었다.

-내일 너 출근할 때 분위기 기대된다.

선수단의 분위기가 좋을 수가 없었다.

-훈련 중에 너 등장하면 갑자기 분위기 막 싸해지면서, 누군가가 이진용 선수 이건 좀 아니지 않나요? 라고 말하고.

당장 내일부터 이진용이 터뜨린 폭탄의 여파가 나올 것이다.

-그럼 넌 사실 몰카였습니다! 하고 말하고, 그러자 선수들 막 웃으면서 춤추고.

어떤 식으로든 엔젤스는 이제까지와는 전혀 다른 변화를 맞이하게 될 것이다.

당연히 이진용 역시 그 사실을 알고 있었다.

"김진호 선수가 가르쳐 준 대로 했을 뿐인데요, 뭘."

그 누구도 아닌 김진호, 그가 조언해 줬으니까.

김진호 그는 말했다.

우승은 복권 당첨처럼 갑자기 찾아오는 게 아니라, 우승을 부르짖는 자들 중 한 명에게 허락되는 트로피와 같다고.

-아무렴. 그렇게 못을 박아야 쪽팔려서라도 우승하려고 덤

벼들지.

그렇기에 김진호 역시 현역 시절 언제나 우승을 부르짖었다.

-어쨌거나 이제부터 볼만하겠네.

그리고 그렇게 우승을 부르짖을 때마다 김진호는 들어야 했다.

-다들 널 물어뜯으려고 덤벼들 테니까.

힘들 것이다, 안 될 것이다, 어려울 것이다, 불가능한 일이다, 같은 소리들을.

-욕도 옴팡지게 처먹겠지. 이진용 같은 새끼라고 놀림도 받고.

더 나아가 조롱과 비아냥거림까지.

하지만 그건 결코 이상한 일이 아니었다.

오직 한 명에게만 허락되는 월드시리즈 우승, 그런데 누군가 한 명이 그 우승을 하겠다고 말했다?

그런 그를 향해 파이팅, 너는 할 수 있다, 네 꿈을 응원한다, 같은 소리를 할까?

그 한 명에 동조하는 소수의 이들만이 그런 소리를 할 뿐이다.

그 외의 나머지 이들은 억지로라도 저주를 퍼붓는 건 물론 그 말을 시답잖은 헛소리로 만들기 위해 전력을 다해 방해하려고 덤벼들 것이다.

-뭐, 다 그러는 거지.

하지만 그럼에도 우승을 부르짖어야 한다는 사실은 변하지 않았다.

-애초에 하하호호 웃으려고 피똥 싸고, 머리털 빠지면서 이 바닥에서 아득바득 버티는 게 아니잖아?

전쟁이니까.

우승을 위해선 때때로 말도 안 되는 짓까지 해버리는 필사적인 전쟁터.

그런 전쟁터에서 부르짖는 건 당연한 것이다.

-그래서 내가 부르짖은 다음에 어떻게 하라고 했지?

중요한 건 그다음.

부르짖은 다음에 보여줘야 한다.

"찍소리도 못하게 찍어 누르라고 하셨죠."

압도적인 결과!

"자, 그러면 돌려 봅시다."

그렇기에 이진용이 새롭게 얻은 다이아몬드 룰렛 이용권을 소모했다.

[다이아몬드 룰렛 이용권을 사용하셨습니다.]

당연한 말이지만 이진용은 지금 여기서 만족할 생각이 없었다.

그리고 만족할 수도 없었다.

이제부터 미증유의 변화를 맞이하게 된 엔젤스란 팀을 이끌기 위해서는 지금 수준으로는 부족했으니까.

-[마구]

-[스위칭]

-[전력투구]

-파이어볼러

-스킬 마스터

그런 이진용의 눈앞에 다이아몬드 룰렛이 모습을 드러냈다.

-그래, 진용아! 가자!

그리고 이진용의 귀로 김진호의 응원 소리가 들렸다.

-대박기원! 그냥 다 먹어버리자고!

그 모습에 이진용이 김진호와 만난 이후 가장 놀란 듯한 표정으로 김진호를 바라보며 말했다.

"지, 지금 진심이세요?"

자신의 룰렛에 진심을 담아 기도하는 김진호의 모습은 이진용에게 있어 천사를 위해서 전력을 다해 폭탄주를 말아주는 사탄의 모습과 비슷했으니까.

-물론이지! 이제부터 룰렛 가지고 괜히 신한테 기도하거나 저주하지 않기로 했어.

"진짜요?"

-응!

그 말과 함께 김진호가 해맑은 미소를 지으며 말했다.

-그냥 너 벼락 맞게 해달라고 기도하는 게 나을 것 같아서 말이야.

그제야 이진용이 그러면 그렇지, 라는 표정을 지었다.

"에이, 진짜!"

-신이시여, 대단한 벼락같은 건 기대도 안 합니다. 지나가는 새똥이라도 한 번 맞게 해주십시오! 되도록 입 벌리고 있을 때 그 안으로……

"시끄러워요!"

그 말과 함께 룰렛이 힘차게 돌아가기 시작했다.

이윽고 룰렛이 멈췄다.

-파이어?

"파이어!"

우승을 하겠습니다!

이진용이 남긴 그 말의 여파는 컸다.

[이진용, 우승 도전 선언!]

[이진용, 우승 아니면 죽음을!]

[엔젤스의 우승 가능성은?]

[엔젤스는 어떻게 우승을 노리는 팀이 되었는가?]

당장 이진용이 남긴 말이 기사 타이틀이 되어 온라인 세상에 쏟아지기 시작했다.

이진용이 한 말이 그것뿐이었기에, 당연한 일이었다.

그리고 그렇게 쏟아진 온라인 기사의 아래에는 온라인 속을 떠도는 야구팬들이 달라붙었다.

-엔젤스 우승? ㅋㅋ? ㅋㅋㅋ? ㅋㅋㅋㅋ?
-엔젤스는 지구가 멸망할 때까지 안 되는 팀임.
-엔젤스 올라가면 뭐하겠노, 떨어지겠지.

물론 좋은 이야기는 없었다.

-이진용이 미쳤네. 지가 뭔데 엔젤스 우승시킨다고 함?
-엔젤스 우승하면 내 손에 장을 지짐.
└난 발에 장 지짐.
└난 장에 장 지짐.

엔젤스란 팀에게 우승은 너무나도 멀고도 아득한 것이었으며, 무엇보다 엔젤스의 우승을 바라는 건 엔젤스 팬들뿐 그 외의 9개 구단 팬 중에 엔젤스의 우승을 원하는 이는 없었다.

-김진호라면 모를까, 이진용 하나로 우승?
└동감.

한편으로는 이게 이진용의 현실이기도 했다.

이진용, 그가 대단한 투수라는 사실에 의구심을 제기하는 이는 단 한 명도 없었다.

60이닝 무실점 피칭, 노히트노런 달성 그리고 퍼펙트게임까지!

한국프로야구의 역사를 새로 쓰는 그가 대단하지 않다면, 한국프로야구에 있는 모든 선수들이 보잘 것 없다는 의미일 터.

하지만 이진용에게 그것이 없는 것 역시 부정할 수 없는 사실이었다.

-솔직히 이진용 대단한 거 인정하는데, 뭔가 압도적인 건 없잖아?

-공이 끝내주는 건 인정하는데 그래 봐야 130이잖아?

-ㅇㅇ 솔직히 메이저리그 가면 개털리지. 한국이니까 이런 거 하는 거지.

-까놓고 말해서 이진용이 다음 경기에서 개털려도 이상한 건 없잖아? 결국 130짜리 투수인데?

야구를 모르는 이조차도 듣는 순간 납득할 만큼 확실하고 강력한 그것.

-130짜리 투수는 결국 그게 한계야. 아무리 기술이 뛰어나도 체급이 떨어지는 선수는 헤비급을 못 이겨.

구속.

이러니저러니 해도 130대에 불과한 이진용의 구속은 분명한 약점이었다.

"여기선 이진용도 까이네요."

그러한 반응을 스마트폰을 통해 살피던 황선우의 후배 기자가 짧게 푸념을 내뱉었다.

그런 후배의 모습에 황선우가 실소를 머금었다.

"못 깔 이유는 없지."

"아니, 그래도 퍼펙트게임 한 투수가 한계가 있다고 말하는 건 좀 그러지 않나요? 억지잖아요?"

"우승하겠다고 말했는데, 당연히 억지로라도 물어뜯어야지. 엔젤스가 우승한다는 건 나머지 9개 구단은 우승을 못 한다는 거니까. 그리고 실제로 구속이 약점인 것도 사실이지."

"구속이 그렇게 중요해요? 결과가 중요한 거 아닌가요?"

후배 기자의 되물음에 황선우가 질문했다.

"만약 그렉 매덕스의 구속이 90마일, 145킬로미터가 아니라 85마일, 135킬로미터에 불과했다면 그가 그런 성적을 기록했을 수 있을 것 같아?"

"그야…… 못 했겠죠."

그러나 후배 기자는 그 말에 다시 되물었다.

"하지만 그렉 매덕스잖아요? 메이저리그잖아요?"

그 물음에 황선우는 어깨를 으쓱하며 반문했다.

"그럼 60이닝 무실점 피칭 기록을 계속 이어가고 있으면서, 노히트노런과 퍼펙트게임을 한 시즌에 동시에 한 투수를 뭐랑 비교할 거지?"

"예?"

"이진용은 이미 그런 선수야. 그런 것과 비교되는 것이 이제는 당연한 선수."

그제야 후배 기자가 고개를 끄덕였다.

이후 후배 기자가 무언가 궁금증이 생긴 듯 질문했다.

"그럼 이진용 구속이 140대 중반 정도 나온다면, 메이저리그에 도전할 만할까요?"

그 질문에 황선우는 피식 웃으며 대답했다.

"이진용이 140을 찍는 순간, 그게 하다못해 전광판에 찍힌 오류라고 해도 찍는 순간 한국과 일본에 있는 모든 스카우트들이 이제부터 이진용을 쫓아다닐 거다. 물론 계약이 걸려 있지만…… 우승만 한다면 뭐."

"우승? 뭐 있나요?"

"그냥 감이야. 뭔가 있을 것 같아."

말을 하던 황선우가 제 말을 얼버무렸다.

"어쨌거나 분명한 건 이진용이 다시 한번 엔젤스에 변화를 강요했다는 거지."

그때 황선우가 스마트폰의 진동에 스마트폰을 들었다.

그리고 문자를 확인한 황선우가 옅게 웃었다.

'태풍 하나가 커지려고 하니, 더 큰 태풍이 오는군.'

6월 13일, 한국프로야구 역사에 다시는 지워지지 않을 퍼펙트게임이 기록됐다.

여흥도 넘치고, 여운도 넘치며, 후유증도 넘칠 수밖에 없는 상황.

그러나 그런 상황 속에서도 엔젤스와 데블스의 경기는 계속됐다.

6월 14일, 엔젤스와 데블스가 2차전을 치렀다.

[엔젤스, 연승을 이어가다!]

그 경기의 승자는 엔젤스였다.

[데블스, 퍼펙트게임 후유증에 시름하다!]

퍼펙트게임, 이제까지 한국프로야구 역사에서 그 어느 구단도 경험하지 못한 사건의 피해자가 된 데블스의 후유증은 하루아침에 쉬이 회복될 수 있는 것이 아니었다.

하지만 그다음 경기는 달랐다.

[데블스 5홈런 14득점!]
[데블스 부활! 엔젤스를 난타하다!]

단 한 번의 패배로 후유증을 벗어던진 데블스가, 오히려 무기력한 모습을 보이는 엔젤스를 난타했다.

그런 상태에서 엔젤스는 이제는 홈이 된 잠실구장에서 대전 호크스와 주말 3연전을 시작했다.

-경기 끝! 정우성 선수가 2경기 연속 세이브를 기록하며 팀의 승리를 지켜냅니다!

그렇게 시작된 호크스와의 주말 3연전은 악몽이었다.

-이것으로 엔젤스는 3연패에 빠졌습니다!
-호크스가 그야말로 엔젤스를 완벽하게 농락한 경기였어요.

농락.

그런 표현이 부족하지 않을 정도로 엔젤스는 호크스에게 당했다.

"임수근 감독, 역시 대단하네. 엔젤스를 완벽하게 농락하고 있어."

그 중심에는 대전 호크스의 감독, 임수근 감독이 있었다.

"임 감독은 허점 보이면 얄짤없으니까. 괜히 샤크스를 데리고 한국시리즈 우승을 3회나 한 게 아니잖아?"

임수근.

2000년대 후반, 샤크스를 이끌고 한국시리즈 3회 우승이라는 놀랍기 그지없는 금자탑을 세운 한국프로야구를 대표하는 감독 중 한 명!

"선수 기용하는 거 보니까, 이번 달에는 임수근 감독이 엔젤스를 타깃으로 삼은 거 같은데?"

"딴 팀에게 승리를 주더라도 엔젤스한테는 죽어도 승수를 따내겠다, 이거군."

"지금 호크스 순위가 8위이니까. 호크스 입장에서는 1위나 2위 팀에게 승수를 주는 것보단 6위인 엔젤스를 물고 늘어지는 게 지금 가장 필요한 작업이지."

더불어 임수근 감독은 한국프로야구 감독 중에 전술적, 전략적 능력이 가장 뛰어난 감독임과 동시에 승리를 위해서는 정해진 룰 속의 모든 것을 동원하는 집요함을 가진 감독이었다.

"그럼 이제 내일 이진용이 임수근 감독이랑 붙는 건가?"

때문에 모두가 기대했다.

"그 누구보다 수싸움이 뛰어난 이진용 대 그런 수싸움에 능한 투수를 누구보다 잘 잡아먹는 임수근 감독의 매치업……."

"재미있겠군."

퍼펙트게임을 이룩한 이진용을 상대로 임수근 감독이 이끄는 호크스가 어떤 성적을 낼지.

이진용이 다시 한번 자신의 전설을 현재 진행형으로 만들지.

아니면 임수근 감독이 이진용의 심장에 비수를 찌르며 그의 전설에 마침표를 찍을지.

그런 기대감 속에서 6월 18일 일요일, 잠실구장 위로 태양이 떠올랐다.

엔젤스 대 호크스의 주말 3연전의 마지막 경기가 시작됐다.

6월 18일 오후 4시.

일요일, 주말 3연전의 마지막 경기를 치르게 된 잠실구장은 아직 경기 시작 시간까지 1시간이 남았음에도 관중들로 가득 차 있었다.

그중 대부분은 당연한 말이지만 엔젤스 팬이었다.

"드디어 호우 경기 직관한다!"

1루는 물론 외야까지, 곳곳에 엔젤스의 상징인 줄무늬 유니폼이 가득 차 있었다.

그리고 그 유니폼 중 상당수는 등번호 1번, 이진용이라는 이름을 짊어지고 있었다.

"아, 젠장 화요일에 휴가를 내서라도 갔었어야 했어. 그랬으면 퍼펙트게임을 볼 수 있는 건데!"

"오늘도 퍼펙트게임 할까?"

"2연속 퍼펙트게임이 나올 리 없잖아?"

"그래도 완봉승 정도는 하겠지? 그보다 이진용 여기서 완봉승하면 기록 더 경신하는 거지?"

"오늘 완봉승하면…… 69이닝 연속 무실점이네."

"진짜 보고도 믿을 수가 없는 기록이라니까."

이진용, 그를 보기 위함이었다.

"아, 내가 엔젤스 경기 보러 올 줄이야."

"응원하지도 않는 팀 경기 보는 건 처음이야."

"난 고척에서 우리 팀 경기도 안 보고 이거 보러 전철 1시간 타고 왔어."

더불어 잠실구장을 호크스 외의 팬들이, 전국 10개 구단 모든 팬들로 득실거리게 만든 이유 역시 바로 이진용이었다.

"이호우, 그놈 박살 나는 거 보고 만다."

"호크스 파이팅! 우리 대신 이호우 좀 잡아봐!"

이진용.

이제 더 이상 설명이 필요 없는 성적을 낸 그는 전설임과 동시에 공공의 적이었다.

그게 당연했다.

엔젤스 팬들에게 이진용은 하늘이 내린 영웅이지만, 그런 이진용을 상대해야 하는 9개 구단의 팬들에게 이진용은 하늘이 내린 재앙이자 괴물과 같았으니까.

심지어 그 괴물이 이제는 우승을 노리고 있었다.

이제까지 그냥 미쳐 날뛰던 놈들이, 모든 프로야구팬들이 그토록 소망하던 보물을 노리기 시작했다.

그런 상황에서 이진용의 활약에 감탄을 하고 박수를 친다?

그럴 거면 야구를 볼 이유도 없었을 것이다.

"어떻게든 이호우를 한 번 자빠뜨려야 하는데……."

"진짜 한 번 박살 나는 꼴 좀 보고 싶다. 그 새끼 호우 하는 것만 들어도 히스테리가 생기겠어."

이진용의 몰락을 바라는 건, 너무나도 마땅한 일이었다.

"임수근 감독이라면 분명 잡을 수 있을 거야."

"아무렴, 수싸움 하는 투수치고 임수근 감독 상대로 좋은 성적 거둔 투수는 없었지."

그리고 오늘 호크스를 이끄는 임수근 감독은, 이진용이란 괴물을 쓰러뜨리기에 가장 완벽한 감독이었다.

그것이 모든 야구팬들이 잠실구장에 모인 이유였다.

"결국 수싸움 빼면, 130대 투수이니까."

이제는 공공의 적이 된 괴물이 무너지는 것을 보기 위해.

일요일의 잠실구장 경기는 그런 분위기 속에서 시작됐다.

오후 5시.

후덥지근하던 날씨가 그나마 숨 돌릴 정도가 될 무렵.

한 사내가 마운드 위에 말없이 서 있었다.

"호우, 호우."

조금 전까지만 해도 깨끗하던 마운드 위를 제 발자국투성이로 만든 그 사내는 분명 들떠 있었다.

마치 눈 내린 다음 날, 아무도 밟지 않은 눈 위에 발자국을 남긴 어린아이처럼.

눈 내린 날의 어린아이가 제 손으로 만든 눈덩이를 손에 쥔 것과도 같은 모습을 하고 있었다.

당장에라도 손에 든 그 새하얀 것을 던지고 싶어서 안달이 난 듯한 그 모습이었다.

반면 그런 사내를 중심으로 펼쳐진 좌중의 분위기는 달랐다.

가득.

틈을 찾기 힘든 잠실구장의 손님들은 모두가 긴장한 채 마운드를 바라보고 있었다.

그라운드의 분위기도 마찬가지였다.

듬성듬성, 그라운드를 채우고 있는 줄무늬 유니폼을 입은 야수들은 어떻게든 굳은 몸을 풀려는 듯 거듭 몸을 풀고, 거듭 숨을 고르고, 거듭 머릿속을 정리했다.

더그아웃이라고 다를 건 없었다.

엔젤스 선수들은 입에 침이 고이도록 경기에 집중했고, 호크스 선수들은 먹잇감을 발견한 매의 눈빛으로 경기에 집중했다.

때문에 모두가 이해할 수 없었다.

"이진용, 들떠 있는 거 같은데?"

"원래 그런 놈이잖아? 너무 들떠 있어서 정신줄 놓고 호우 거리는 거잖아?"

"아니야, 오늘은 좀 다른 거 같아."

"다르다고?"

"정말 공을 던지고 싶어서 안달이 난 인간 같아."

이진용.

말도 안 되는 업적을 세우고, 때문에 말도 안 되는 부담감을 짊어진 이 투수의 모습은 그 어떤 상식으로도 설명이 불가능했으니까.

"그러니까 또라이 같은 놈이 더 또라이 같아졌다?"

"어, 그런 것 같아."

당연한 말이지만 이진용의 들뜬 모습은 이제는 두렵게까지 느껴지고 있었다.

'저 새끼 또라이 아니야?'

그런 이진용의 모습은 처음 상대하게 된 호크스의 1번 타자 이용우에게도 굉장히 이질적인 것이었다.

'저런 새끼는 야구 인생에서 처음이다, 처음.'

이용우.

매 시즌 3할이 넘는 타율은 물론 투수를 누구보다 잘 괴롭히는 타자로 유명한 타자이며, 국가대표 1번 타자라는 말을 들으며 많은 국제 대회에서 세계적인 투수들을 상대해봤던 그조차도 이진용의 모습은 쉽사리 이해할 수 없었다.

'아무렴 어때.'

물론 그런 그이기에 이 상황에서 침착할 수 있었다.

한국프로야구를 대표하는 1번 타자이며, 이제는 프로 경력 14년 차, 베테랑 중의 베테랑임에도 여전히 뛰어난 타격 능력을 선보이는 그에게 당혹감 같은 건 없었으니까.

동시에 어려울 것도 없었다.

'미친놈이든, 또라이든, 괴물이든 130짜리 공을 던지는 놈인 건 변하지 않지.'

한국프로야구리그에서 한 손에 꼽힐 정도로 뛰어난 커트 능력을 가졌다고 평가되며, 본인 스스로도 그리 생각하는 그에게 구속이 느린 투수는 가장 탐스러운 먹잇감이었다.

'최소한 10구 정도는 강제로 던지게 해주마.'

그렇기에 이용우는 안타 하나에 만족하지 않은 채, 이진용이 마운드에 서 있는 것을 싫어할 때까지 그를 괴롭힐 속셈이었다.

그만큼의 준비도 했다.

이진용의 모든 공을 연구했다.

그 누구도 아닌 임수근 감독의 지도 아래에서, 이진용의 모든 구질을 연구했다.

더 나아가 그의 수싸움 방식과 스타일까지!

모든 걸 연구를 넘어, 그야말로 해부를 했다.

'초구로는 패스트볼을 던지겠지.'

그렇기에 이용우는 자신 있게 기다렸다.

'날 상대하는 거니까 스트라이크존 바깥쪽 경계면에 걸치는 놈으로.'

이진용이 자신을 향해 던질 포심 패스트볼을.

'가볍게 걷어내자고.'

그리고 그런 그의 예상은 곧바로 현실이 됐다.

1회 초, 선두 타자 이용우를 상대로 이진용이 초구를 던졌다.

구종은 포심 패스트볼.

코스는 좌타자인 이용우의 스트라이크존 바깥쪽 낮은 곳.

스트라이크존의 꼭짓점을 노리는 공이 나왔다.

이용우가 예상한 그대로의 공이 나왔다.

'어?'

그러나 그 공에 이용우는 자신이 생각한 것과 다르게 배트를 휘두르지 못했다.

'어!'

오히려 굳어버린 채 공을 지켜만 봤다.

퍼엉!

그렇게 이진용이 던진 공이 포수의 미트에 꽂혔다.

"스트라이크!"

주심이 곧바로 그 공에 스트라이크 콜을 했다.

그러나 이용우의 시선은 그런 포수를, 주심을 향하지 않고 있었다.

140.

저 먼 곳, 전광판에 찍힌 숫자를 바라만 볼 뿐.

더불어 이진용, 그 역시 전광판을 바라보며 그곳에 찍힌 숫자를 보며 미소를 지었다.

그리고 동시에 이진용은 떠올렸다.

그날의 기억을.

이진용이 퍼펙트게임을 기록한 날 그리고 인터뷰에서 우승을 부르짖은 날의 밤.

[파이어볼러를 습득하셨습니다.]

-파이어?

"파이어!"

파이어볼러.

퍼펙트게임 최초 달성 보상으로 얻은 다이아몬드 룰렛이 그곳에서 멈추는 순간 이진용과 김진호의 표정은 정반대였다.

김진호는 웃었고, 이진용은 울상을 지었다.

당연했다.

'설마 여기서 꽝이······.'

파이어볼러는 스킬이 아니었다. 스킬 표시가 붙어 있지 않았으니까.

그렇다는 건 일반 능력치를 올려주는 아이템이라는 의미.

더불어 그 단어의 뜻을 생각하면 구속을 올려줄 것이 뻔했다.

여기까지는 문제될 게 없었다.

문제가 되는 건 베이스볼 매니저의 시스템.

베이스볼 매니저 시스템은 구속이 일정 수치 이상이 됐을 경우 상위 룰렛을 통해서만 구속 증가를 꾀할 수 있다.

130대인 이진용은 최소 실버 룰렛 이상에서만 구속 증가를 꾀할 수 있다.

그리고 그렇게 꾀할 수 있는 구속은 룰렛 한 번에 +1.

골드 룰렛에서 구속 증가가 나와도 구속은 1킬로미터만 증가한다.

즉, 이진용에게 있어 파이어볼러는 다이아몬드 칸에서 걸릴 수 있는 최악의 칸이라는 의미!

'좆됐다……'

-좆됐다!

그 사실에 김진호가 드디어 기쁨을 부르짖었다.

-신이시여, 감사합니다. 전 한 번도 당신을 의심한 적이 없었습니다!

그때였다.

김진호가 신을 찾으며 감사를 표하는 순간.

[파이어볼러 효과에 의해 구속이 증가합니다.]

베이스볼 매니저가 말을 이어갔다.

-어? 뭐야?

[현재 최대구속은 132킬로미터입니다.]

계속.

-얘 뭐야? 얘 왜 이렇게 헛바닥이 길어?

[파이어볼러로 효과가 증가합니다.]

멈추지 않은 채.

-즁, 증가? 자, 잠깐!

[구속이 +4 증가했습니다.]

제 말을 마저 한 후에야 베이스볼 매니저는 다시 침묵했다.

-아, 안 돼.

"호!"

그리고 이제까지 침묵하던 이진용이 두 손을 번쩍 들었다.

예의 그 환호성을 내지르기 위해서.

"읍!"

'호우, 할 때가 아니잖아?'

그러나 이진용은 튀어나오려던 환호성을 내뱉는 대신 그것을 삼킨 채, 곧바로 자신의 능력치 창을 활성화했다.

[이진용]

-최대 체력 : 114

-최고 구속 : 136

-보유 구종 : 포심 패스트볼(S), 투심 패스트볼(S), 스플릿 핑거 패스트볼(S), 체인지업(B), 슬라이더(B), 커브(B), 컷 패스트볼(C)

-보유 스킬 : 심기일전(D), 일일특급(D), 라이징 패스트볼(A), 마법의 1이닝, 무쇠팔(D), 리볼버, 컨트롤 마스터(A), 철인, 에이스, 철

마(A)

"136."

그렇게 활성화된 자신의 능력치 창을 보던 이진용이 자신의 최대구속을 읊조렸다.

그 읊조림이 끝나는 순간 이진용의 눈앞에 곧바로 은색의 룰렛이 모습을 드러냈다.

'구속 증가 두 번이면 138.'

그런 이진용의 눈에는 구속이 적힌 칸만이 들어왔다.

그 외에는 그 무엇도, 하나밖에 없는 플래티넘 칸조차도 들어오지 않았다.

'여기에 에이스 효과 적용하면…… 140이다.'

140킬로미터!

이진용에게 있어서는 그야말로 꿈과 같은 숫자였으니까.

물론 지금 이 상황에서도 리볼버 스킬을 쓰면 당장 140킬로미터가 넘는 패스트볼을 던질 수 있다.

'항시 140짜리 공을 던질 수 있어!'

하지만 하루에 한 경기에서 여섯 번 제한이 있는 것과 일단 던질 때마다 140이 나오는 건 전혀 다른 이야기.

무엇보다 이진용이 생각하는 것처럼 두 번이면 됐다.

'구속 증가 두 번이면!'

두 번.

구속 증가 두 번이면 이제 이진용은 140대 공을 던지는 투수가 될 수 있는 것이다.

'현재 누적 포인트는 3만 포인트, 실버 룰렛은 여섯 번 돌릴 수 있다.'

그런 이진용의 의중을 김진호도 눈치챘다.

-동작 그만. 지금 너…….

"돌아라!"

물론 이진용은 그런 김진호의 의사를 무시한 채 곧바로 룰렛을 돌리기 시작했다.

그렇게 은빛 룰렛이 여섯 번 돌아갔다.

[체력이 증가했습니다.]

[체력이 증가했습니다.]

[체력이 증가했습니다.]

[체력이 증가했습니다.]

[체력이 증가했습니다.]

[구질 향상 물약(B)을 획득하셨습니다.]

체력 다섯 번 그리고 구질 향상 물약 한 번!

-호우, 호우, 호우, 호우, 호우, 호우우우우!

"어, 어떻게 이런 일이……."

그야말로 신의 농간, 그리 부를 수밖에 없는 결과물 앞에서 김진호는 환호성을 내질렀고, 이진용은 믿을 수 없다는 눈으로 그것을 바라봤다.

-무슨 일이긴, 이제 드디어 꿀 대신 엿 빨 때가 온 거지.

당혹감 가득한 이진용을 향해 그 말을 김진호가 곧바로 두 손을 모은 채 하늘을 보며 말했다.

-신이시여, 제 기도를 잊지 않으셨군요. 이제야 회개합니다.

그 순간 이진용의 눈앞에 백금색 룰렛이 모습을 드러냈다.

"아직 한 발 남았다."

퍼펙트게임 보상으로 얻은 플래티넘 룰렛이었다.

그런 이진용을 보며 김진호가 가소롭다는 듯한 미소를 지은 채 말을 뱉었다.

-신이시여, 이 우매한 양이 아직도 당신이 자기편인 줄 알고 있습니다. 부디 이 오만한 놈에게 다시 한번 엿을 먹여주시옵소서! 내리는 김에 새똥도 하나 추가요!

그렇게 돌아가던 룰렛이 멈췄을 때.

-응?

김진호의 놀림도 멈췄다.

이진용의 회상도 거기서 멈췄다.

이제 다시 6월 18일의 잠실구장 마운드 위로 돌아온 이진용은 이제는 전혀 달라진 마운드의 분위기에 미소를 지었다.

그런 이진용의 귀로 김진호가 친히 알려줬다.

-씨발, 거기서 전력투구 스킬이 나올 줄이야…….

이진용, 그가 그날 플래티넘 룰렛에서 얻은 게 무엇인지.

-씨발, 하루아침에 구속이 6킬로미터나 증가한다는 게 말

이 돼?

그리고 그렇게 얻은 전력투구 스킬의 효능이 무엇인지.

이진용, 그가 140대 공을 던지는 투수가 됐다.

[전력투구]

-스킬 랭크 : 없음.

-스킬 효과 : 스킬을 사용하면 다음과 같은 효과가 적용됩니다.

-구속 2킬로미터 증가

-구위 증가

-공의 무브먼트 강화

-체력 소모 2배 증가

전력투구.

이 스킬의 효과는 그 스킬의 이름 그대로였다.

자신이 가진 힘의 120퍼센트, 그야말로 전력을 쥐어 짜내는 피칭을 하는 것!

하지만 전력을 짜내는 만큼 대가도 있었다.

체력 소모 2배!

결코 무시할 수 없는 대가였다. 전력투구 모드 상태에서 체력 소모 스킬을 쓴다면, 그조차도 2배가 적용되니까.

만약 전력투구 모드에서 심기일전 그리고 라이징 패스트볼을 쓴다면 공 한 번 던질 때 그야말로 체력이 뭉텅 날아가는 셈.

물론 이진용에게는 하등 고민할 필요가 없는 문제였다.

[철인]

-스킬 등급 : 없음

-스킬 효과 : 체력 소모 없이 스킬을 사용할 수 있다.

-철인 효과는 최대 9이닝까지만 적용됩니다.

이진용에게는 어떤 스킬도 체력 소모값 없이 사용을 가능케 해주는 철인 스킬이 있었으니까.

즉, 이진용은 언제든 마음 내킬 때마다 전력투구 모드를 활성화할 수 있었다.

더욱이 전력투구 스킬은 그저 단순히 구속을 2킬로미터 늘려주는 것이 아니었다.

구위 증가.

그리고 무브먼트 강화!

때문에 타자가 느끼는 공의 위력은 구속 이상이 될 수밖에 없었다.

물론 그런 모든 것을 적용했다고 해도 이진용의 공이 압도적인 건 결코 아니었다.

'이것 봐라?'

이용우, 그가 이진용이 던진 초구, 140킬로미터짜리 공에 배트를 휘두르는 대신 그 공을 그냥 지켜본 이유 역시 그래서였다.

놀랍다.

'훨씬 빠르네?'

자신이 예상했다는 것보다 최소 5킬로미터가 더 빠른 공이 들어왔는데 놀라지 않을 리 없다.

'구위도 생각보다 더 좋아.'

여기에 이진용이 던진 공의 구위 자체는 늘어난 구속보다 훨씬 더 좋아 보였다.

달리 말하면 거기까지였다.

'140대.'

이진용은 이제 140대 초반의 구위 좋은 공을 던지는 투수다.

이제 이진용은 무시할 순 없는 힘을 가졌다.

반대로 무서워할 이유는 그 어디에도 없었다.

'어설프게 건드린 것보다는 그냥 봐서 다행이군.'

특히 이용우, 리그 정상급 타격 능력을 가진 그라면 더더욱!

'수정하자. 140대로.'

때문에 그 공을 보는 순간 이용우는 130대 투수를 염두에 두고 짠 모든 계획을, 이제는 140대 투수로 수정해야 했다.

10년 넘게 리그 정상급으로 활약한 타자다운 모습이었다.

달리 말하면 그가 10년 넘게 보여준 모습이기도 했다.

처음 보는 투수를 상대로도 기꺼이 자기 역량을 마음껏 뽐내는 능력을 이용우는 10년 넘게 보여줬다.

보여줬기에 마운드에 있는 이들 역시 알고 있었다.

-130대 투수를 염두에 두고 모든 걸 짰는데 140대 공을 던

지는 투수가 됐다. 놀랄 노릇이겠지. 하지만 미칠 노릇은 아니야. 이용우 정도 되는 타자라면 잽싸게 수정 들어가지. 수정도 필요 없어. 그냥 130이란 숫자 지우고 140으로 치는 순간 몸이 알아서 프로그래밍을 마칠 테니까.

김진호.

그는 이용우보다 그를 더 잘 알았다.

-자, 그럼 어떻게 해야 할까?

"130대 투수도 보여주면 되죠."

그리고 이진용 역시 김진호만큼은 아니지만, 지금 필요한 답이 무엇인지는 알고 있었다.

"그럼 두 명의 투수를 생각하는 느낌일 테니까."

-그걸 네 글자로 줄이면?

"완급조절."

이진용과 김진호.

그 둘이 타석을 보며 미소를 지었고, 그 미소 사이로 이진용이 나지막이 중얼거렸다.

"전력투구 해제."

임수근 감독, 그는 이진용이 던진 초구가 140이 찍히는 순간 분명 놀랐다.

그러나 그 놀람과는 별개로 임수근 감독은 그날 승리를 여전히 100퍼센트 자신했다.

'이진용이가 모든 힘을 쥐어 짜내면 저 정도는 되는군.'

전력투구는 그 자체만으로는 큰 의미가 없었으니까.

140짜리 공을 던지는 투수가 전력을 다해 143짜리 공을 계속 던진다면, 그건 그냥 143짜리 공을 던질 수 있는 투수일 뿐이다.

그마저도 전력투구는 양날의 검이다.

전력을 쓰는 건 단거리를 뛰는 불펜투수들에게 맞는 옷이지, 장거리를 뛰어야 하는 선발투수에게는 맞지 않는 정도가 아니라, 오히려 몸을 옭아매는 안 맞는 정장에 가깝다.

하지만 이후 곧바로 이진용이 던진 공들을 보는 순간 임수근 감독의 얼굴 표정은 점차 굳을 수밖에 없었다.

이진용이 던진 136짜리 패스트볼에 입꼬리에 주름이 생겼고, 이진용이 던진 126짜리 패스트볼에는 미간이 찌푸려졌다.

그리고 이진용이 이용우를 상대로 120짜리 패스트볼을 던지는 순간 임수근은 직감했다.

'점수 내기 쉽지 않겠구나.'

이진용이란 투수가 임수근 감독, 본인이 생각하는 것보다 더 고차원적인 선수라는 것을.

그런 임수근 감독의 생각대로 이진용은 그저 전력투구로 140대 공을 던질 수 있다는 사실에 만족하는 투수가 아니었다.

애초에 만족할 생각도 없었을뿐더러, 그의 스승이 누누이 말해줬으니까.

-전력투구는 필요하다. 하지만 그보다 더 중요한 건 완급조절이다. 더 빠른 공을 쥐어 짜내는 능력보다 더 느린 공을 제대로 컨트롤할 수 있는 능력이 더 중요해.

전력투구보다 중요한 건 완급조절이라고.

그냥 빠른 공을 던지는 게 아니라, 느린 공과 빠른 공 그리고 더 느린 공과 더 빠른 공을 던질 수 있을 때야 비로소 진짜 그 투수가 괴물로 보이는 것이라고.

이진용은 그 사실을 호크스 타자들을 상대로 기꺼이 보여 줬다.

퍼엉!

"스윙, 스트라이크 아우우웃!"

그렇게 5회가 됐을 때, 호크스 타자들의 눈에 비친 이진용은 이제 사람의 형태가 아니었다.

"아."

괴물.

'어떻게 이런 게 가능하지?'

120대에서 140대까지.

그야말로 놀라운 스펙트럼을 보여주는 이진용의 완급조절 앞에서 만반의 준비를 한 호크스 타자들은 속수무책으로 당할 수밖에 없었다.

'대체 뭘 해야 이런 식으로 완급조절이 가능한 거야?'

그렇게 5회까지 단 하나의 점수도 내지 못한 채, 고작 1개의 피안타와 1개의 볼넷만을 얻어내는 것에서 그친 채.

"호우!"

이진용이 내지르는 저 소리를 열다섯 번이나 듣는 동안 제대로 된 반격조차 하지 못한 채 그의 신기록의 제물이 될 뿐이었다.

'이게 말이 돼?'

그렇게 당하고도 호크스 타자들은 분노로 가득한 표정을 짓기보다는 의문으로 가득 찬 표정을 지어야 했다.

그 정도였다.

이진용의 완급조절은 도저히 납득이 되지 않는 수준이었다.

그러나 반대로 이진용에게 있어서 그 완급조절은 생각보다 무척 쉬운 것이었다.

[123포인트를 획득하셨습니다.]

[삼자범퇴로 이닝을 마무리하셨습니다. 보너스 포인트가 지급됩니다.]

[현재 5이닝 무실점 중입니다.]

-똥 같은 공부터 던져서 그런지 똥 같은 공 던지는 건 아주 잘하네.

처음부터 느린 공을 던졌으니까.

120짜리 공을 던지는 느낌이 어떤지, 130짜리 공을 던지는 느낌이 어떤지 이진용은 그 누구보다 잘 알았다.

"똥 같은 공이라니……."

-맞잖아? 너, 나랑 만났을 때 던진 게 똥볼이었지 그럼 뭐였냐?

심지어 110짜리 공을 던지는 느낌도 알고 있었다.

단순히 알고 있는 정도가 아니라, 그런 공을 던질 때 타자가 어떤 반응을 하는지도 알고 있었다.

"아니, 잘 던지는 애한테 꼭 그렇게 해줘야겠어요? 칭찬해 주시면 안 됩니까?"

그리고 그런 웃기지도 않는 공을 던진다는 게 얼마나 비참한 일인지도 알고 있었다.

인생의 전부였던 야구를 포기할 정도로 잘.

-이진용 선수, 아주 끝내주네요! 예예, 아주 끝내주는 피칭을 하고 계십니다. 아이고, 너무 끝내주셔서 눈이 부실 정도라 눈을 뜰 수가 없을 정도네요. 이진용 선수의 놀라운 피칭에 성은이 망극하옵니다.

"내가 말을 말아야지."

더불어 이진용에게는 그 경험을 제대로 살릴 수 있는 타고난 재능이 있었다.

-그래도 뭐 이 정도면 한국프로야구 수준에서 네가 엿 먹긴 힘들 듯하네.

"그래요? 김진호 선수가 봐도 그래요?"

-응.

김진호도 인정하는 재능.

-그래서 내가 이러는 거야.

"예?"

-한국프로야구 타자들이 널 엿 먹이지 못하니까 내가 대신 먹여주는 거라고. 사실 내가 꽃으로도 사람을 때리지 못하는 성격인데, 너 잘되라고 일부러 이렇게 욕하는 거야. 누군가는 얼굴이 못생긴 애가 마음도 못생기지 않도록 매를 들어서 바른길로 인도해야지, 안 그래?

"퍽이나."

이진용, 그는 자신이 가진 것을 마운드 위에서 언제든 꺼낼 수 있는 재능이 있었다.

때문에 김진호는 이진용이 140대 공을 던지는 순간 그리고 오늘 피칭을 보는 순간 결심을 내렸다.

-그보다 이 정도면…… 이제 다음 단계로 넘어가도 되겠군.

이진용에게 더 높은 곳에 오를 수 있도록 도와주기로.

"예?"

-응? 왜?

"지금 뭐라고 말씀하시지 않으셨어요?"

-아니, 아무 말도 안 했는데? 너 요즘 헛것이 들리는 모양이구나. 귀신 들린 거 아니야?

"예, 총각 귀신에게 들린 것 같긴 하네요. 아주 지독한 총각 귀신한테."

-누, 누가 총각 귀신이야? 인마, 내 별명이 메이저리그의 카사노바였어!

그렇게 이진용의 5회가 끝났다.

퍼엉!

7회 초, 이진용의 피칭은 여전히 현란했다.

팔색조.

마치 마운드 위에 여러 명의 투수들이 저마다 타자들을 상대로 순번을 돌아가면서 피칭을 하는 듯했다.

"스트라이크 아웃!"

그렇게 팔색조와 같은 피칭으로 이진용이 7회에도 무실점으로 이닝을 마쳤다.

7이닝 무실점 2피안타 1볼넷 그리고 11탈삼진.

그리고 자신의 무실점 이닝을 67이닝으로 연장하는 이진용의 피칭 내용에, 경기를 보던 기자들은 감탄을 내뱉었다.

"아예 건드리지를 못하네."

"130대에도 건드리지 못했는데, 140대가 됐으니 건드리지 못하는 정도가 아니라 쳐다보는 것도 못 하는 수준이겠지."

수준급, 그 이상을 넘어 이제는 마운드 위에서 지배자와 같은 모습을 보여주는 그 피칭에 기자들은 내뱉을 수 있는 건 감탄밖에 없었다.

'140킬로미터.'

오로지 황선우, 그만이 감탄을 내뱉지 않았다.

'드디어 의미 있는 구속을 찍었다.'

그럴 때가 아니었으니까.

'이제 스카우트가 움직일 차례군.'

이진용은 이제까지 한국프로야구라는 무대에서 눈부시다 못해 압도적인 결과를 만들었다.

더욱이 현재 67이닝을 소화한 이진용은 이제부터 타이틀 경쟁을 시작할 수 있다.

한국프로야구위원회에 따르면, 투수의 기록이 정식 기록으로 인정받는 건 경기 수만큼의 이닝을 소화하는 경우, 즉 60경기가 치러진 상황이면 60이닝을 소화했을 경우 정식 기록으로 인정받으니까.

현재 엔젤스는 오늘 경기를 포함해서 65경기째가 된다.

오늘 경기가 끝나는 순간 방어율 순위에 이진용의 이름이 올라가게 될 것이다.

0.00이라는 숫자와 함께.

여기에 노히트노런이나, 퍼펙트게임은 화룡의 눈동자 두 개를 찍은 것과 같았다.

'그래, 이제는 움직일 수밖에 없지.'

그럼에도 불구하고 이진용에 대한 메이저리그 스카우트의 관심은 크지 않았다.

이진용이 이제 프로 1년 차, 메이저리그에 진출하기 위해서는 여러 제약이 있는 것도 이유였지만, 사실 가장 큰 문제는 역시 그것이었다.

구속 그리고 피지컬.

아무리 좋은 결과가 나와도 이 두 가지 조건이 너무나도 기준치에 미달했기에 메이저리그 스카우트들은 이진용에 대한 관심을 그냥 관심 수준에서 멈췄다.

그리고 그게 메이저리그 스카우트들이란 존재였다.

냉철하다 못해 냉정할 정도로 되는 것과 안 되는 것에 대한 구분은 명확히 하는 존재들.

특히 메이저리그란 무대가 어떤 무대인지 세상 그 누구보다 잘 아는 자들이다.

결정적으로 한국에 온 메이저리그 스카우트들이 원하는 건 마이너리그에 두고 키워볼까? 하는 선수가 아니다.

즉시전력감.

메이저리그 40인 로스터 정도에는 충분히 이름을 올릴 만한 선수들.

그런 선수들이 표적이다.

막말로 그냥 마이너리그 자리 정도를 채워줄 만한 선수는 이미 넘치도록 많을뿐더러, 그 정도 수준의 선수들은 굳이 스카우트가 나설 필요도 없이, 선수들 본인들이 제 발로 걸어 들어온다.

그런 의미에서 이제 140대 구속이 나오기 시작한 이진용은 이제 분명히 관심을 가질 수밖에 없었다.

'구속도 계속 증가하고.'

더욱이 이진용은 시즌이 거듭될수록 구속이 증가하고 있었다.

신기한 일.

물론 스카우트들에게 이진용의 구속이 왜 증가하는가, 같은 건 중요하지 않았다.

과연 이진용의 구속이 더 증가할 수 있는가?

그것에 초점을 맞출 것이다.

그리고 그것을 보기 위해 이제 이진용의 경기를 직접 찾아보기 시작할 것이다.

'메이저리그라…… 유현조차 결국 버티지 못한 괴물들의 무대.'

꿈의 무대, 그러나 괴물들만이 살아남을 수 있는 세계를 떠올린 황선우가 슬쩍 시계를 확인했다.

'그러고 보니 이제 조만간 기사가 뜨겠군.'

9회 초 2아웃.

빠악!

마운드 위에 있는 이진용은 그 뇌성과도 같은 소리를 듣는 순간 직감했다.

'아!'

이거 크다.

아주 크다.

-오오!

그 사실을 김진호 역시 직감한 듯, 김진호가 밝은 얼굴로 고개를 돌리며 소리쳤다.

-드디어 빅 엿 하나 나오나요?

잠실구장에 있는 모든 이들 역시 쭉쭉 뻗어나는 타구에 이목을 집중시켰다.

현재 스코어는 3 대 0, 엔젤스가 3점 차 리드하는 상황.

여기서 솔로 홈런 하나가 나온다고 해서 승패에 영향을 줄 가능성은 높지 않은 상황.

그러나 만약 여기서 1점이 나온다면 그 1점의 무게감은 이번 시즌 모든 구단이 낸 1점 중에 가장 무거운 점수가 될 가능성이 높았다.

-큽니다. 큽니다, 타구가 뻗습니다!

-넘어가나요? 넘어가나요?

이것이 담장을 넘어간다면 이진용, 그의 무실점 이닝 신기록의 종지부를 찍는 점수가 될 것이기에.

그렇기에 모두가 숨죽인 채 타구를 바라봤다.

'씨발! 넘어가지 마!'

'넘어가라, 씨발!'

이윽고 타구가 이제는 포물선을 그리며 떨어지기 시작했다.

그리고 그렇게 떨어진 공은 펜스 근처까지 다가간 중견수의 글러브 안으로 들어왔다.

펙!

그 순간 이진용이 안도의 한숨을 내쉬었다.

"호우……"

그 한숨과 함께 이진용이 머나먼 곳에 보이는 잠실구장 펜스를 바라보며 미소를 지으며 나지막이 말했다.

"역시 잠실구장, 국내 최고의 구장이야."

-잠실구장 완전 쓰레기 구장이네. 트래쉬 구장이야. 빌어먹을 외야 펜스가 저렇게 먼 게 말이 돼?

반면 김진호는 길길이 날뛰며 잠실구장을 욕하기 시작했다.

그런 김진호를 향해 글러브로 입을 가린 이진용이 말했다.

"아니, 왜 우리 잠실구장 기를 죽이고 그래요?"

-너 메이저리그 가면 내가 어떻게든 쿠어스 필드로 보내 버린다.

"어이구, 무서워라."

-아오, 얄미운 새끼!

드넓은 잠실구장 덕분에 구원받은 이진용이 미소를 지은 채 마운드를 내려왔다.

[완봉승에 성공하셨습니다. 보너스 포인트가 지급됩니다.]
[현재 누적 포인트는 9,505포인트입니다.]

그렇게 마운드를 내려오는 이진용에게 오늘 다시 한번 포인트 갱신이 시작됐다.

그러나 그 포인트 정산 내용은 이진용의 귀에 들어오지 않았다.

9이닝 무실점.

'69이닝이다.'

자신의 오늘 성적으로 말미암아 자신이 갱신 중인 신기록이 다시 한번 길어졌다는 사실만을 떠올릴 뿐.

'또 내일 내 기사로 가득해지겠군.'

당연히 이진용은 오늘 밤 그리고 내일 아침까지 야구라는 타이틀 아래에 자신의 기사가 쏟아지리란 사실을 의심치 않았다.

그리고 그 기사가 이진용에게 있어서는 가장 명확한 증거였다.

'꿈만 같은 현실이야.'

지금 보고 있는 이 모든 것이, 꿈처럼 느껴지는 모든 것이 꿈이 아니라 현실이란 증거.

그렇게 즐거움을 품은 채 더그아웃으로 들어온 이진용은 그 순간 뭔가 이상한 낌새를 느낄 수 있었다.

김진호 역시 마찬가지였다.

-얘들 왜 이래?

이진용이 더그아웃에 들어오기 전부터 더그아웃 분위기가 어수선했다.

"진용아, 축하한다."

"수고했다!"

이진용이 들어온 후에는 자연스레 이진용의 완봉승을 축하하는 분위기로 바뀌었지만, 그 전의 낌새를 파악한 이진용이 곧바로 투수코치에게 질문을 했다.

"무슨 일 있어요?"

그 물음에 투수코치가 곧장 대답했다.

"유현의 한국 복귀가 정해졌다."

"예? 누구요?"

"유현."

"유현? 다저스의 유현이요?"

"어."

"그러니까 유현이 한국에 온다고요?"

"그래, 6월 30일부터 한국프로야구로 다시 복귀한다. 기사 떴다. 아마 다음 주에 한국에 올 거라고 한다. 지금 그 이야기 로 난리다, 난리."

어수선할 수밖에 없는 이유였다.

To Be Continued